世界文学名著青少版·神话传说故事 116

奥德修斯历险记

〔英〕查尔斯·兰姆　改写
王淑允　译

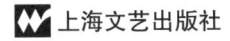

上海文艺出版社

图书在版编目(CIP)数据

奥德修斯历险记/(英)兰姆改写;王淑允译.
—上海:上海文艺出版社,2013
(世界文学名著青少版·神话传说故事)
ISBN 978-7-5321-4855-4

Ⅰ.①奥… Ⅱ.①兰… ②王… Ⅲ.①神话-古希腊
Ⅳ.①I545.73

中国版本图书馆CIP数据核字(2013)第056838号

丛书策划:黄育海　陈　征
项目统筹:姜逸青　韩伟国
　　　　　徐如麒　尚　飞
责任编辑:韩　樱
选题策划:尚　飞
装帧设计:董红红　高静芳

奥德修斯历险记
〔英〕查尔斯·兰姆　改写
王淑允　译
上海文艺出版社出版、发行
地址:上海绍兴路74号
电子信箱:cslcm@public1.sta.net.cn
网址:www.slcm.com
新华书店经销　山东德州新华印务有限责任公司印刷
开本890×1240　1/32　印张4.5　字数85,000
2013年5月第1版　2013年5月第1次印刷
ISBN 978-7-5321-4855-4/I·3800　定价:18.00元

| 总序 |

让经典阅读进入语文教育和家庭教育

◎钱理群

北京大学教授

什么叫语文教育？就是爱读书、爱写作、爱思考的老师们带领着一批爱读书、爱写作、爱思考的学生一起读书、写作、思考，并在这一过程中享受快乐，来感受到人生生命的意义和价值。我觉得这就是语文教育，就是读、写和思考——所以，"阅读"在教育中具有特殊的重要性。

通过读书，青少年从原来一个本能的人变成一个文化人，由一个自在的人变为一个自为的人，人的成长就是通过读书来成长的。作为学校教育的阅读，不同于社会教育阅读，有一个很重要的特点——"经典阅读"。我经常讲一句话，我们要把整个民族和人类最美好的精神食品给我们孩子，这个精神食品就指经典。因为经典是人类文明的结晶，让孩子从小接触经典，也就是让他站在巨人肩膀上，站在人类精神高地上，对他一辈子发展至关重要。

现在的阅读，特别是经典阅读，某种程度上是陷入困境的。经典阅读其实遇到两方面挑战，一方面是应试教育挑战，另一方面是网络的挑战。网络阅读当然有它的意义和价值，我们不否认。但是网络阅读有两个弱点：第一个弱点，它的阅读是"非个性"的，是一个群体的阅读，是炒作的阅读；另外一个弱点是不能进行深度阅读。而"个性化阅读"和"深度阅读"是经典的特点。所以我们强调阅读经典，既是教育本质所决定，也是当下中国教育所存在的问题决定我们必须要经典阅读。

经典阅读分两类，首先是阅读原典。但是青少年阅读原典有一定困难，而且还有时间问题，因此经典的改写就有非常大的意义——它是一个桥梁，是一个引路人，当然这个"引路人"必须是高手。

这些年我提倡经典，跟许多老师讨论过现在孩子阅读经典适合的时间段：小学五年级、六年级，初中一年级、二年级，孩子有四年时间。因为三四年级太小了，到初三要应试了。这是一段珍贵的时间。而且根据我的接触，在这四个年级里面的老师有很高的积极性，他们毕竟离应试教育有一点点距离，因此有这么一种可能性来推动学生阅读。所以我希望家长、教师都能抓住这段时间，挑选名家改写的经典读本，让孩子能够亲近名著，让经典阅读进入语文教育和家庭教育。

第 一 章

喀孔涅斯人。——忘忧树的果实。——独眼巨人波吕斐摩斯。——风之国,天神埃俄罗斯的致命礼物。——莱斯特律戈涅斯的食人魔。

亚细亚名城特洛伊在希腊人手中陷落了;奥德修斯和伙伴们离开特洛伊,踏上归乡之路。这段史诗描述的就是他们一路上颠沛流离的故事。离家十年,满怀思乡之情的奥德修斯迫不及待地想回故乡伊塔刻,和妻子聚首。奥德修斯的国家土地贫瘠,论富庶远远比不上亚细亚那丰饶的平原和归途中路过的富裕国家,但不管走到哪里,在他眼中别处都不及故乡一半美好。思乡之情让奥德修斯拒绝了仙女卡吕普索让他长生不老、和他一起生活在她美丽的海岛上的提议,也给了他力量,让他摆脱了太阳神的女儿喀耳刻的魔力。

离开特洛伊之后,一股恶风把奥德修斯的船队吹到了喀孔涅斯人居住的海岸。喀孔涅斯人和希腊人是仇敌;奥德修斯率领军队上岸,攻占了他们的都城伊斯马罗斯,抢得大量战利品,杀死了不少喀孔涅斯人。然而这场胜利却给他带来了灾难;士兵们抢到很多战利品,又在城中找到不少美酒、食物,他们兴高采烈,忘乎所以地大吃大喝起来,放松了警惕;住在海边的喀孔涅斯人趁机召集内陆的盟国和朋友,组成一支大军,对希腊人发动袭击。一些耽于饮宴、疏忽大意的希腊人被杀死了,战利品也被抢了回去。奥德修斯的军队折损了不少士兵,灰心丧气,好不容易才回到船上。

他们扬帆出海,心里满怀悲伤;但是,在这么可怕的情境之下他们竟没有全军覆没,又让他们感到一丝庆幸。紧接着一场可怕的暴风雨袭来,船颠簸了整整两天两夜。第三天,天气好转,奥德修斯和伙伴们盼着能搭上一股顺风,回到伊塔刻岛,但经过马勒亚角的时候起了一阵北风,他们给吹了回去,一直吹到库忒拉岛。在那之后又刮了九天逆风,他们非但没有接近目的地,反而向相反的方向漂流了很远。第十天,他们在一处岸边稍事停留,那儿居住着一个民族,以忘忧树的果实为生。奥德修斯派几个人上岸寻找淡水。上岸的人遇见几个当地人,从他们手中得到了一些当地食物——这些人并无恶意,却造成了不幸的后果:希腊人品尝了忘忧果,发现它们异常可口,很快就被这种果子的味道深深迷住了。他们转眼间就把同乡和对故乡的思念之情忘在了脑后,也不记得该回船上,向奥德修斯汇报这里居民的情况,只想留下来和当地人一起生活,永远享用这种美妙的食物。奥德修斯又派了一批人寻找他们,把他们强行带回去,他们挣扎哭泣,不肯离开这种无上的美味。奥德修斯命人把他们捆住手脚,丢进船舱,然后挂起船帆,以尽可能快的速度离开了那片不祥的海岸,唯恐其他人步他们的后尘,尝了忘忧果,把故乡和对故乡的思念忘记了。

奥德修斯的船队沿着陌生而荒僻的海岸航行了一夜,破晓时分,他们来到了库克罗普斯人生活的地方。库克罗普斯人体格巨大,靠放牧为生。他们不事耕种,大麦、小麦和葡萄自动从土地里生长出来,非常丰美,他们却既不会做面包也不会酿造葡萄酒,农耕技术他们不懂,也无意去学习。库克罗普斯人都独自生活,既没有法律,也没有官府,更没有城邦或王国之类的东西；他们住在山顶的岩洞里，依自己的脾气任意处理家事，或者根本不管不问。他们的妇孺和男人一样恣意妄为，无法无天，只按自己的意愿行事，丝毫不问其他人的想法。库克罗普斯人没有船只，也不懂造船技术；他们不从事贸易和商业，对造访其他岛屿也是兴趣索然，尽管当地的地形非常适宜建造海港，供船只出入。奥德修斯精心挑选了十二个人和他一起上岸，去探访生活在此处的人的情况，看看他们是热情好客的民族，还是尚未开化的蛮子，但眼下他们还一个居民都没看见。

　　他们发现的第一个有居住痕迹的地方是一个巨人的山洞，山洞被粗略修整过，其庞大显示出了居住者的巨大；整棵高大的橡树和松树被砍来当柱子支撑着岩洞，还是树的本来模样，显示出建筑者空有极大的蛮力，而没有半点技巧。奥德修斯进了岩洞，怀着崇敬之情欣赏着这里野蛮的设计和朴拙的结构。他很想看一看住在这座荒僻房屋的主人是什么样子。礼物换来的礼遇强过武力胁迫下的恭敬，奥德修斯决定把带来的希腊美酒当作礼物送给住在这儿的人，用恭维打消他的敌意。那些酒装在十二个大坛子里，非常浓烈，要兑上二十份的水才能喝，勾兑之后，这酒的香气依然芳醇无比，闻到的人都忍不住想喝上一口;而一旦尝到这种酒,他会被激发出英雄般的勇气,做出一番大事来。奥德修斯用羊皮袋装了满满一袋美酒,冒险走进岩洞深处。整整一天,他们在里面随意参观巨人的住处:厨房里,宰好的山羊和绵羊堆得到处都是;奶制品房中,成排的水槽和桶子里山羊奶装得满满的;畜栏本来是关着牲口的,但都被主人一早赶去草场了。正当他们大饱眼福的时候,外面突然传来一声房屋倒塌般的巨响,把他们耳朵都震聋了。洞穴的主人回来了,和平常一样,整个白天他都在远处的深山之中放牧畜群,现在他把羊群从草场赶回来过夜。他把捡来做晚饭用的一大捆木柴扔在洞口,那就是希腊人听到的那声巨响的来由。希腊人们一看到这个丑陋的庞然大物,就在洞穴里找了个偏僻的角落,藏了起来。来人叫波吕斐摩斯,他是库克罗普斯人之中身材最为庞大,性格也最野蛮的一个,以海神波塞冬的儿子自居。提到他的模样,与其说像人,倒不如说他像山上的一块巨岩;他生性残忍,这一点和他粗蠢的体格倒很是相称。他把奶羊赶进山洞,公山羊和公绵羊留在外面。然后,他搬起一块连二十头公牛都拉不动的巨石放在洞口,把山洞堵住,然后坐下来,开始给母山羊、母绵羊挤奶;做完这些之后,他生了一堆火,用他那只巨大的独眼(库克罗普斯人只有一只眼睛,生在额头正中)在洞内扫视一圈,借着微弱的火光察觉了奥德修斯一行。

"嗬!外乡人,你们是谁?生意人,还是到处游荡的窃贼?"他咆哮道,那声音着实骇人,吓得他们连回答的力气都没了。

只有奥德修斯一个人壮着胆子回答说,他们到这里既不是要偷东西也不是为了做生意,他们是希腊人,在阿特柔斯杰出的儿子阿伽门农领导下攻占了名城特洛伊,将其夷为平地,却在归乡途中迷了路。现在他们谦恭地匍匐在他脚下,承认他比他们更加强大,求他以待客之礼对待他们,因为宙斯会为外乡人向错待他们的人复仇,他们遭受任何伤害都会使他震怒。

"你们真是愚蠢,"独眼巨人说,"居然敢跑到这么远的地方来教我敬畏神明!我们库克罗普斯人不崇拜你们的宙斯,那个传说中喝山羊奶长大的神;其他神祇也一样。我们比他们强大,敢向宙斯本人宣战,就算你和所有凡人都加入他那一边。"巨人要他们说出他们乘着来到这儿的船在哪里,还有没有其他伙伴。奥德修斯机敏而谨慎地回答说他们没有船也没有同伴,他们只是一群不幸的人,大海将他们的船打成碎片,把他们冲上了岸,他们这才得以幸存。巨人没有回答,伸手抓起了离他最近的两个人,轻松得像拎小孩一样,把他们扔在地上,摔得脑浆迸裂,然后——说来难以置信——把他们撕成几块,把那尚有余温,颤抖着的肢体狼吞虎咽地吃了下去,连血也舔舐干净;库克罗普斯人不但吃人,还把人肉推为比山羊和羊羔肉更好的美食;他们邪恶的风俗让绝大多数人对他们的海岸避之不及,只有流浪者和沉船的水手不时上岸。目睹了这可怖的一幕,奥德修斯和他的伙伴们吓得几乎发狂。巨人吃完,把一大桶羊奶灌下了他巨大无朋的喉咙,然后在羊群里躺下睡着了。奥德修斯抽出剑,想尽全力把剑刺进沉睡怪物的胸口;他的主意已经打定了一半,但一个更明智的想法阻止了他,因为除了波吕斐摩斯,谁也搬不动挡在洞口的巨石,没人帮忙,希腊人只能死在洞里。于是,他们只能强忍恐惧,过了一夜。

　　天亮了,独眼巨人醒来,生起火,拿另外两个不幸的囚徒做了一顿早餐,和平时一样给羊挤奶。把人吃完之后,巨人把巨石推到一边又移回原处,像普通人把箭囊的盖子打开关上一样轻巧。他把牲口赶出了山洞,用口哨(那声音像风雨声一样尖厉)在后边赶着,往山里走去。

独眼巨人觉得奥德修斯的力量和智谋和小婴儿一样,不值得注意,然而一旦无人监视,奥德修斯和幸存的伙伴们马上证明了,人类的智慧远远超过无理性的蛮力。他从库克罗普斯人烧火用的木头堆里挑出一根像桅杆一样又粗又长的木头,把它削尖,用火烤硬,又挑选了四个人,教他们怎么使用这根木棒,并把他们训练娴熟。

天快黑的时候,独眼巨人赶着羊回来了;在幸运女神的指引下,不知是出于有意,还是记性被与他敌对的神祇影响了(后来发生的事证明了这一点),独眼巨人一反平日的习惯,把公羊和母羊一起赶进了圈。用巨石堵住洞口后,他又开始了可怕的晚餐。又失去两个同伴之后,奥德修斯默想着自己的计划,鼓起勇气,端起一碗希腊美酒,轻松地劝巨人喝。

"库克罗普斯人,"他说,"请接受客人献上的这碗美酒吧:它会帮你消化你刚才吃下去的人肉,让你见识我们的船在倾覆之前曾装了怎样的美酒。作为酬谢,我只请求你一件事,如果你许可:请将我毫发无损地放走吧。要是总照你的新习惯把客人吃掉,当然不会有谁来看望你。"

奥德修斯历险记 ·9

野蛮的巨人尝了尝,对这新鲜的味道非常中意,把碗里的酒一气喝光,然后又向奥德修斯要。巨人让奥德修斯把名字告诉他,因为奥德修斯送了这么好的酒给他,他要送他一份礼物,表示谢意。巨人告诉他说他们也有葡萄,但发誓说这种美妙的饮料是天上来的。奥德修斯不断为他斟酒,酒斟得有多快,愚蠢的巨人就喝得有多快。他再次问起奥德修斯的名字,奥德修斯机智地骗他说:"我的名字是'无人':在我的国家,我的亲戚和朋友都管我叫无人。""好吧,"独眼巨人说,"无人,这就是我给你的好意了:我先吃你的同伴,最后一个吃你。"巨人草草表达完好意,酒劲就上来了,他摇摇晃晃地躺倒在地上,沉沉睡去。

奥德修斯耐心等待,等巨人躺着不动,失去知觉之后,他把伙伴们鼓动起来,把那根长杆的尖头放在火上,烤得又红又热,某位神祇赐予了他们超常的勇气,四个人艰难地举起长杆,把烧红尖头对准巨人的独眼;奥德修斯用尽全力,帮他们把杆子刺了进去,像用钻子钻木头一样,用力越插越深。橡子般粗大的木杆一刺破眼球,灼烫的鲜血喷涌而出,巨人的眼珠冒起烟来,眼里的筋腱也崩裂了,整个眼睛发出红热的烙铁放进水里时的嘶嘶声。

巨人惊醒，痛苦地嚎叫起来，声音巨大到整个洞穴都发出雷鸣般的轰响。希腊人四散奔逃，分头藏在洞穴角落里。巨人把灼热的木杆从眼睛里拔出来，疯狂地挥舞着，在洞中走来走去。然后他用极大的声音向那些住在不远处的山上的洞穴里的独眼巨人兄弟们发出呼喊；而他们听到波吕斐摩斯的吼叫，从各处聚集而来，问他是怎么一回事，是什么伤害了波吕斐摩斯？为什么他会在深更半夜如此喧闹，扰了他们清梦？是人类让他如此惊恐吗？给了他致命一击的人是力量，还是法术？波吕斐摩斯在洞里回答说，"无人"伤害他，"无人"杀害他，"无人"在他洞里。其他巨人回答说："如果无人伤害你，也无人和你在一起，那么你就是独自一人，折磨你的东西是上天降下的惩罚，谁都抵挡不住，也没办法施以援手。"他们认为他是害了什么病，离开了他的山洞，各自回去了。瞎了眼的巨人急于将疼痛之苦转嫁出去，一边呻吟一边在黑暗中走来走去，找到洞口，挪开巨石，在门槛前坐了下来。天快亮了，羊群正准备前往它们熟悉的草场上去，巨人打定了主意，要是有人想混在羊群里出洞，他就把他们抓住。然而奥德修斯的第一个诡计——给自己起假名第一个诡计就大大地奏效了，又怎么会被这种一眼就能看穿的把戏抓住呢。他在脑中琢磨着所有的逃跑方法（当然，他们能否幸免于难都要看这个计划能否顺利实施），最后想出一个最简单的办法。他从巨人睡觉的柳条堆里取出一些，搓成绳子，把最肥最壮，羊毛最厚实的公绵羊三个三个地绑成一排，然后把一个人捆在中间那头的肚子下，最后，他自己两手紧紧抱住一只最大最美的公羊，用厚厚的羊毛把自己包裹起来。

羊群飞快地往前走着；公羊走在最前面，还没挤过奶的母羊站着不动，咩咩叫着，徒劳地要主人给它们挤奶。它们没有挤过的乳房胀得发痛，但瞎了眼的巨人比它们更痛苦。公羊走过的时候，他抚摸着它们长满厚毛的脊背，根本想不到他的敌人们就躲在它们肚子底下。羊群就这样不断往洞外走，最后一头公绵羊带着被羊毛盖住的奥德修斯走了出来。巨人拦住那头羊摸了摸；他的手已经摸到了奥德修斯的头发，只是没有察觉到。巨人责备它落在了最后面，还跟它说话，好像它听得懂人话一样：它是不是希望主人重见光明？那个可恶的"无人"设下毒计，用酒把他灌罪，刺瞎了他的眼睛；他请求绵羊告诉他，他的仇敌躲在洞里的哪个角落，他要把他们摔得脑浆迸裂，撕得四分五裂，这样才能消去他心头之恨。说完这么一堆蠢话，巨人才把羊放走。

逃脱之后,奥德修斯放开了抱着羊的手,帮着把同伴们解下来。他们把帮他们大忙的绵羊抬回了船上,留在那里的人们含着眼泪,迎接从鬼门关里逃回来的同伴。他们摇起橹,张起帆,离开岸边,开到声音刚好能传回岸上的距离,奥德修斯高声喊道:"独眼巨人!你不该滥用你的蛮力,吃掉你的客人。宙斯以我之手对你施以惩罚,这是你凶残行为的报应。"独眼巨人听到他的喊声,狂怒地走出山洞,满怀怒火地扳起一块巨石,狂怒而又盲目地掷了出去。奥德修斯的船险险躲过了石块,巨石落进海里,激起一阵极大的逆潮,船差一点被冲回岸上。"独眼巨人,"奥德修斯说,"要是有人问起是谁弄瞎了你的眼睛,告诉他们,我是奥德修斯,拉厄耳忒斯的儿子;我被称为伊塔刻的国王,征服名城的英雄。"希腊人的船队扬帆疾行,开到了熟悉的海上,背后吹着一股顺风;同伴的死虽然令人悲伤,最终的死里逃生又让他们无比欣慰。最后,他们来到了风神埃俄罗斯居住的岛上。

奥德修斯和他的伙伴受到了非常殷勤的接待,埃俄罗斯带他见了他的十二个儿子,他们每人控制着一种风。希腊人在那里住了一个月,每日欢宴,一个月快过去的时候,东道主送他们离开,给了他们许多礼物,临别时还送给奥德修斯一个牛皮袋,所有的风都被装在了里面,除了西风;他让西风吹着希腊人的帆,送他们回伊塔刻。牛皮袋口系着一条闪闪发光的银带,扎得很紧,一丝风都透不出来,奥德修斯把它挂在橹上。他的同伴们不知道里面是什么,猜想那一定是那位国王送给他的金银宝贝。

借着那股西风,他们平安无事地航行了九天,第十天,他们离祖国已经非常之近,连沿岸的灯火都能看清。但是,掌舵的奥德修斯过于疲劳,不幸打起了瞌睡。水手们抓住这个机会,一个人对其他人说:"我们的首领真是幸运,不管走到哪里都有礼物可拿,而我们却两手空空。瞧瞧埃俄罗斯给了他什么吧,肯定不是黄金就是白银。"一句话就足以让这群贪婪的家伙动手了,他们马上解开了捆着皮带的袋子,却没看到金银,一声巨响,所有的风从皮袋中冲了出来。奥德修斯被巨响惊醒,得知他们犯下大错,但为时已晚。狂风把船吹离伊塔刻,吹到极远的地方;短短一个小时,他们就驶过了之前航行九天的距离,从离故乡不远的地方回到埃俄罗斯的岛。奥德修斯吃惊地跳了起来,暴跳如雷,满怀悲伤和痛苦,不知道该不该一头扎进海里淹死。最后,因为羞耻,他把自己藏在了舱里。水手告诉他,他们又回到了埃俄罗斯的岛的

奥德修斯历险记 · 15

港口了,谁都没法劝说他亲自去,或者派人去埃俄罗斯那里,请求第二次的帮助。他辜负了对方高贵而慷慨的帮助,虽然是他手下的错误,不是他亲自所为,但他还是觉得颜面尽失,心情沉重。最后,奥德修斯还是带着一个传令官去了。风神坐在宝座上,和他的孩子们享用宴席,奥德修斯无颜加入进去,分享他们的食物,只敢像个卑贱的人一样匍匐在门槛前。

看到奥德修斯这副模样地回来,埃俄罗斯大发雷霆,说:"奥德修斯,你怎么回来了?你这么快就厌倦了自己的家乡,还是我们的礼物没有让你满意?我们以为我们的礼物可以让你通行无阻呢。"奥德修斯被迫回答:"我的手下们坑害了我;他们趁我睡觉的时候做下了坏事。""可恶的人!"埃俄罗斯说,"滚吧,别待在我的岸上!我们不会给被众神厌恶,注定丧命的人护航。"

他们继续航行,离开的虽然还是那个港口,却不像第一次时那样满怀希望,那时所有的风都被禁锢了起来,只有西风推着他们的帆,温和地低语着,将他们送回伊塔刻;现在,他们成了所有的风的玩物,满怀绝望,不知还能不能再见到家乡。那些贪婪的水手贪求黄金的心也熄了,就算有无数黄金堆在面前,他们也不愿再碰一碰了。

他们一连航行了六天六夜,第七天,希腊人驶进了莱斯特律戈涅斯的拉墨斯港。港口非常之大,能轻松地容纳奥德修斯的整个船队。除了奥德修斯的船,其他船都下锚避风了,而奥德修斯似乎预感到了即将到来的不幸,没有进港,而是把船拴在了登岸处的一块岩石上,然后爬上岩石,观察这个地方。他看到一座城市,有烟从房屋顶上袅袅升起,但既不见耕地的人,也不见驾辕的牛,没有一点农业生产的迹象。奥德修斯选了两个人,叫他们去了解住在这儿的是一群什么样的人。两个使者没走多远就遇见了一位到泉边取水的姑娘,身高远远超过一般人。他们问她居住在这里的是什么人,姑娘没有回答,一声不响地领他们去了她父亲的宫殿。她父亲是当地的国王,名叫安提斐阿斯。他和他的人民都是巨人。两位使者一进入宫殿,姑娘的母亲——一个比姑娘高大很多的女人就跑了出去,叫来了安提斐阿斯。安提斐阿斯来了,一把拎起使者中的一个,像是要把他一口吞掉。另一个使者逃了,安提斐阿斯发出一声巨大的吼叫,马上有数不清的巨人从四面八方涌出,堵住大门口,奔向港口,举起巨大的石块,奋力向停在那里的船只扔去。船很快就被掀翻、沉没,人都淹死了。大海没有把那些不幸的人们的尸体吞噬掉,而是让他们浮了上来,那些食人巨人就像刺鱼一样用渔叉将他们的尸体刺穿、拖走,大吃一顿。奥德修斯的船没有进港,这才幸免于难,而跟随他出征特洛伊的庞大船队如今只剩下了这孤零零的一艘。他驾着船离开,给幸存下来的伙伴们鼓劲。他们满怀悲伤,同乡们遇难的惨相几乎让他们变成了大理石像。

第 二 章

喀耳刻的房子。——人变成牲畜。——通向地府的航程。——死人的宴会。

孤零零的船继续向前航行,抵达了太阳神可怕的女儿喀耳刻居住的埃埃亚岛。喀耳刻精通魔法,骄傲而又美丽,有一头阳光般灿烂夺目的金发。太阳神与俄刻阿诺斯的女儿珀耳塞生下了她和她的哥哥埃厄忒斯(兄妹俩长得一模一样)。

奥德修斯的伙伴们就该让谁上岸探险爆发了争执;他们必须派人上岸寻找淡水、补充食品,因为这两样的储备都已经快要见底了;但是,一想到那些被巨人吃掉,还有被可怕的独眼巨人嚼碎的同伴那可怕的命运,他们就丧失了勇气;他们难过极了,痛哭流涕。但眼泪不能带来他们需要的东西,奥德修斯完全清楚这一点,于是,他把所剩的伙伴分成两组,自己当一组的首领,欧律洛科斯,一个久经考验、富有勇气的人做另一组的首领,抓阄决定让哪一组上岸。欧律洛科斯带领的二十二个人抓中了,他们流着眼泪下了船。奥德修斯和其他人留在船上,也流着眼泪,因为一路上他们停靠的地方生活的全都是野蛮的食人族,他们觉得再也见不到这些伙伴了。

欧律洛科斯和伙伴们踏上这片土地,在一条山谷中发现了喀耳刻的宫殿。宫殿是用发光的石头筑成的,紧靠一条大路。宫殿门口躺着很多野兽,有狼、狮、豹,都被她用魔法驯化,不再有野性。野兽一看到欧律洛科斯和他的伙伴们,就用两条后腿立起来向他们献媚,欧律洛科斯和伙伴们无法消受它们可怕的示好;站在宫殿门口,希腊人能听到女魔法师坐在宫殿里的织机前,一边唱着凡人无法唱出的歌曲,一边纺织一张极其精致,闪闪发光的网。她织出的纹样凡人无法模仿,近乎女神的手工;她的歌声美妙动人,连最谨慎、最明智的人都忍不住敲门求见。女魔法师打开了那扇光芒闪耀的大门,邀请他们进来,设宴款待他们。他们愚蠢地从命了,

奥德修斯历险记 · 21

只有欧律洛科斯不肯进门,他心怀疑虑,担心有什么可怕的陷阱等着他们。女魔法师给来人摆上华贵的椅子,在他们面前放上食物和蜂蜜,还有混了强力魔法药物的斯密耳那美酒。等他们吃饱喝足,她用法杖在他们身上一点,把他们变成了猪。他们的身体、口鼻都变得和猪一模一样,身披刚毛,发出哼哼唧唧的猪叫声;但他们的头脑依然和以前一样,而这让他们更加痛苦。女魔法师把他们关进猪圈——那里已经关了许多被她的邪恶法术变成猪的人——然后拿喂猪用的山毛榉果、橡实、栗子给他们吃。

欧律洛科斯站在门外,没有看到变形时那悲惨的一幕,只看到一群猪,而他那些进了房子的同伴却不见了(他以为他们被妖法变没了)。他匆匆逃回船上,报告了他的所见所闻;但他吓坏了,又糊里糊涂,什么都说不清楚,只说他记得一个地方,有座宫殿,有个女人一边织布一边唱歌,门前有狮子把守,而他的伙伴们,他说,全都消失了。

奥德修斯猜想那位女子会妖术,他抓起剑和弓,命令欧律洛科斯马上带他到那个地方去。但欧律洛科斯跪倒在地,抱住他的双膝,求众神保佑他,哀求他不要以身犯险,更不要让其他人跟他一起送死。

"那你就留下来吧,欧律洛科斯,"奥德修斯说,"在船上安全地吃喝吧,我会独自一人去探险:我不会强迫你们,但我非去不可。"说着,他下了船,登上陆地,没有一个人跟着他;他们惧怕女魔法师的法术,鼓不起勇气和他一起参加这次危险的冒险。奥德修斯独自前行,来到了宫殿闪闪发光的大门前,刚刚试探地把脚跨进门槛就被一个年轻男子拦住了。男子手中拿着一根金杖,正是天神赫尔墨斯。他拦腰抓住奥德修斯,不让他进去。"你要去哪里?"他问,"哦,人类的儿子,你怎么会漂流到这个地方!我敢说你肯定不知道这里是伟大的喀耳刻的宫殿,也不知道她把你的伙伴们从健美的人类变成令人厌恶的猪,关了在令人作呕的猪圈里。你想和他们落得同样的下场,万劫不复吗?"但神祇的劝告无法阻挡英勇的奥德修斯,让他停下脚步;他深深同情伙伴的不幸遭遇,把自己的安危置之度外了。赫尔墨斯猜出了他的心思,觉得他的勇气不该使在错误的地方,就送给了他一株有抵御魔法功效的白花黑根魔草。那株草药开着一朵小白花,不仅能让魔法失效,还能防枯萎,防霉,防潮气,但它们长得又小又不起眼,人们不知道它的奇效,也从不把它当一回事,无知的牧羊人老穿着打补丁的鞋子踩它。"把这个拿在手里,"赫耳墨斯说,"大胆地走进那扇门去;要是她用魔杖敲你,企图像对付你的朋友一样,把你也变成猪,你就勇敢地朝她冲过去,用你的剑逼迫她向众神起誓不会对你使用有害的魔法,然后教她把你那些受辱的同伴变回原形。"他把小白花交给奥德修斯,告诉他该怎么使用,之后就消失了。

赫耳墨斯走后,奥德修斯用力敲起门来。亮闪闪的门开了,伟大的喀耳刻照例殷勤地邀他进门。她让他坐在一张更加华美的宝座上,用昂贵的碗调制饮料,混进魔药,让他喝下;等他喝完,她用魔杖敲了敲他,高声叫道:"滚到猪圈里去吧!"她说,"快点,你这猪猡!到你的同伴那里去!"然而她威力无穷的咒语敌不过赫耳墨斯送给奥德修斯的魔草的力量;安然无恙的奥德修斯照着神祇的话,手持利剑向女魔法师冲过去,好像要结果她的性命一般;发现自己的魔法奈何不了奥德修斯,女魔法师哭了起来,屈膝跪在他的利剑前,抱住他的膝盖,说:"你是谁?究竟是什么人?以前从这个杯子里喝了酒的人,没有一个不变作畜生、哀哭后悔。你的身体和你的头脑一样,都没有变化。你不可能是别人,一定是奥德修斯;你智慧举世无双,命运女神早就注定我会爱上你。这朵高傲的花现在对你俯首称臣了,哦,伊塔刻人,我,一位女仙,

奥德修斯历险记

邀请你与我同衾共枕。"

"哦,喀耳刻,"他回答道,"我的同伴被你变成了畜生,你怎么能够跟这样一个男人谈论爱情或婚姻呢?你本可以用魔法控制我,把我也变成畜类,让我赤身裸体、软弱驯顺地待在你身边、任你摆布,甚至把我赶进猪圈,可现在你又要和我结成夫妇。你会用怎样的快乐去试探一个男人的理智?靠你那用剧毒调味的肉,还是掺了夺命药物的酒?

你必须向我发誓,决不试图像对待我的伙伴那样加害于我。"女魔法师服从了,可能是畏惧他的威胁,也可能是为了激荡在她血管中的新生的爱情。她发下了神的重誓,以斯堤克斯河为证,许诺不会加害于他,奥德修斯这才待她客气了一些。这让女魔法师心中升起了希望,以为能在他身上唤起和她相当的爱意。她招来四位首席侍女——她的银泉、圣河、圣林的女儿,叫她们把屋子装饰起来,铺上华美的地毯,摆出银桌和最纯的黄金做的盘子,里面盛满供神祇食用的珍贵肉食来款待她的客人。一个侍女端来水为奥德修斯洗脚,一个拿来红酒,它清新的甜香驱走了近日来压在他心头,让他饱受折磨的悲伤。她们在他头上撒香水,用上等香料调配洗澡水让他沐浴,沐浴完毕又拿来一件昂贵而华美的衣服给他穿。然后,她们带他在一个用大块白银做成的宝座上坐下,在他面前摆上一桌足以用来宴请宙斯的佳肴。但奥德修斯渴望的佳肴是让他的朋友们(那些和他一起出海的伙伴)恢复人形,亲眼看到他们平安无事,他才能得到滋养。救人心切的奥德修斯郁郁地坐在丰盛的宴席前,若有所思,一口都不肯吃。喀耳刻觉察到他的忧伤,一下就猜到了原因。她起身离开宝座,走到猪圈,把奥德修斯那些变成猪的伙伴放了出来。他们哼哼唧唧地叫着,把奥德修斯落座的那间宽敞的大厅挤满了。不等奥德修斯那忧伤的眼睛看清他们的兽形,女魔法师就给他们涂上一种油膏,他们身上的鬃毛突然脱落了,他们站了起来,变回了人形。他们认出了首领奥德修斯,围在他身边,为重获人身而喜悦不已,又对之前变成猪猡而羞惭万分。他们大声哭泣,断断续续地诉说着他们的欢快之情,整个大厅充满了欢乐的哀痛,伟大的喀耳刻本人也被眼前的情景感动了,为了彻底赔罪,她派人把那些留在船上的希腊人也叫来了;他们以为奥德修斯会一去不返,来到这里,看到他还活生生的,他们心中的快乐无法用任何语言描述。狂喜之下,他们哭了起来;表达喜悦的方法是这样古怪,让人看了还以为他们找到了家乡,看见了伊塔刻那遍布石头的山崖。然而谁都劝不动欧律洛科斯,教他走进那座神奇的房子,因为他还记得伙伴们是怎么在他眼前消失的。

　　伟大的喀耳刻说话了,要他们不必哀伤,也不必记着以前受到的痛苦。他们像被故乡流放的人一样四处漂泊,就算有一点欢乐的闪光在他们中间出现,一想到他们无助无望,无家可归的境地,也很快就被掐灭了。女神和善的劝慰在奥德修斯和其他人身上起了作用,他们在她的宫殿里享受着各种各样的欢乐,一待就是十二个月。喀耳刻是个威力很大的魔法师,可以操纵天空中的月亮,也能让坚实的橡树从它生长的地方拔起,为他们跳舞助兴。她的幻术让享乐变得花样百出,奥德修斯和伙伴们用种种令人愉悦的消遣消磨时间,"日出日落之间,时间一闪即逝;漫长的一年也好似做了一场美梦。"

　　被女神的法力所迷,奥德修斯耽于享乐,过了很久才清醒过来。想到他忠贞的妻子珀涅罗珀和年幼的儿子忒勒玛科斯都在故乡,思乡之情再次在他心中熊熊燃烧,比以前强烈十倍地折磨着他。一天,在喀耳刻与他享受过欢爱,心情最为愉悦的时候,奥德修斯狡猾地问到了回家的事,像说着一件离他们很远的事情一样。喀耳刻十分肯定地回答道:

奥德修斯历险记 · 29

"哦,奥德修斯,我的法力无法将你强留在这里,因为依照神祇的安排,你要踏上更远的航程。但在离开我,继续归乡的旅程之前,你必须去一趟冥府,向底比斯的预言家忒瑞西阿斯询问未来的事;冥后珀耳塞福涅保留了他的预言能力,只有他能说出你还能不能见到故乡和妻子。""哦,喀耳刻,"奥德修斯叫道,"那是不可能的,谁能领着我航行到死神哈得斯的国度去呢?没有人完成得了这样一次航行。""不用导航,"女神回答道,"拿起你的橹,挂上你的白帆,老老实实地坐在你的船上就行了,北风会推着你们在大洋上航行,带你们横穿广阔无边的海面,来到长着白杨林和冥后的垂柳的地方。在那里,菲律弗勒格通河和冥府之河——忘川的支流库奇托斯河在此汇入阿赫隆河,在那个地方里挖个一肘宽,一肘长的坑,把牛奶、蜂蜜、酒、公羊的血和一头黑母羊的血倒进去,倒的时候脸要转到一边去,这样死去的人们就会聚集起来,品尝那奶和血;但在你从忒瑞西阿斯口中问到了你想知道的一切之前,不要让其他人碰你的祭品。"

奥德修斯照女神的指点做了,他撑起橹,张好白帆,静静地坐在自己的船中。北风吹着他们跨过大洋,来到珀耳塞福涅的圣林。他来到三条河交汇的地方,在那里挖掘了一个坑,照女神说的把祭品倒进坑中——公羊的血,黑母羊的血,奶,蜂蜜和酒;死者纷纷出现,来赴他的宴席;有男有女,有年老的,也有年轻人和夭折的小孩。他们想把薄薄的嘴唇浸到祭品里,但奥德修斯不允许他们中的任何一个靠近,只教忒瑞西阿斯品尝。奥德修斯在众多死者之看到了自己的母亲,这才知道她已经去世了,因为当他离开伊塔刻前往特洛伊的时候母亲还健在,她是在他离开期间去世的,消息一直没有传到奥德修斯耳中;尽管强行阻拦她让他心中非常痛苦,但奥德修斯还是听从了伟大的喀耳刻的告诫,强迫母亲和其他鬼魂一起退开。然后,忒瑞西阿斯拿着一根黄金权杖出现了。他呡了一口祭品,马上认出了奥德修斯,开始预言:他告诉奥德修斯,他将面临无数苦难,海神波塞冬对他怀恨在心,因为他弄瞎了他儿子的眼睛。如果他们能约束自己,不去伤害特里纳喀亚岛上的太阳神的公牛,他们就能逢凶化吉,但神祇会让奥德修斯从国王变成一个乞丐,他必将死在自家宾客手中,除非他把那些认不出他的人全部杀死。

忒瑞西阿斯尽了最大力量,也只说出这样一个语焉不详的预言,因为这里已经没有他的立足之处了,鬼魂聚集得越来越多,吵嚷着要吃血。眼前所见全是死去的人,在这片土地上,活人只有奥德修斯一个。这可怖的景象让奥德修斯不寒而栗,四肢都僵住了。就在这时,奥德修斯的母亲来了,她的儿子没有再阻拦她,她吮了血,认出了儿子,问他为什么还没死就跑到他们这个痛苦的地方来了。她告诉他,因为儿子久久不归,精神上的痛苦让她备受折磨,最终把她带进了坟墓。

听了她令人动容的描述,奥德修斯的心融化了,忘记了她已经死去,也忘了没有形体的灵魂是无法接受血肉之躯的拥抱的。他张开双臂想把她抱住,可怜的鬼魂被他的拥抱驱散了,她满怀悲伤地看着他,慢慢消失了。

然后,奥德修斯又看到一些女性:波塞冬的情人洛堤,为海神生下了珀里阿斯和涅琉斯。安提俄珀,她为宙斯生了一对双胞胎安菲翁和西苏斯,他们是底比斯王国的建立者。阿尔克墨涅,赫拉克勒斯的母亲,在她身后跟着她美丽的女儿和儿媳墨伽拉。奥德修斯还看到了伊俄卡斯忒,俄狄浦斯不幸的母亲和妻子,她不知道俄狄浦斯是她的亲生儿子,嫁给了他,发现这段不伦关系之后,她在羞耻和悲痛中悬梁自尽,留下俄狄浦斯在人间,饱受煎熬,过着悲惨的生活,被令人敬畏的复仇三女神纠缠、折磨。廷达瑞奥斯的妻子勒达也出现了,她是美女海伦的母亲,也是她两个勇敢的哥哥卡斯托耳和波吕丢刻斯的母亲,他们得到了宙斯的赐福,可以永世享乐,死后到了地下依旧住在舒适的地方。哥哥卡斯托耳是廷达瑞奥斯的儿子,是死神的猎物;弟弟波吕丢刻斯祈祷让哥哥和自己一样,享受从父亲宙斯那里得来的永生,命运女神拒绝了他,只允许波吕丢刻斯把自己永恒的生命分一半给哥哥卡斯托耳,轮流着生或者死。伊菲墨狄亚也来了,她为波塞冬生了两个巨人儿子,俄托斯和厄菲阿尔忒斯,除了俄里翁,丰饶的大地从未诞生出像他们一样身材庞大而又健美的孩子。九岁的时候,他们想爬到天上去看看神祇们在做什么,打算用山做阶梯,把俄萨山摞在奥林波斯山上,再把珀利翁山放在上面。要是他们活到成年,他们很可能就这么做了;但因为这个野心勃勃的计划,死神在他们童年时就中止了他们的生命。菲德拉和普罗克里斯来了。阿里阿德涅,满怀被忒修斯抛弃的悲痛,也来了。玛拉、克吕墨涅也来了,还有厄律斐里,她把黄金看得比婚姻还重。

这时又来了一个悲伤的鬼魂,他是阿特柔斯的儿子阿伽门农,希腊人的统帅,特洛伊之战中所有希腊盟邦的国王。他来得有些晚了,和其他鬼魂一起加入了这场令人害怕的宴席,喝了一点血。奥德修斯看到他和鬼魂为伍,不禁心生怜悯,他问他命运为什么过早地把他带到了这里,是风暴掀翻了他从特洛伊归乡的船,还是在瓜分战利品时遭了叛乱的士兵的毒手。

"都不是,"他回答说,"让我丧命的不是这些,我是回到家乡之后,受了埃癸斯托斯邀请,在赴宴时被害死的。他和我不贞的妻子谋划了杀害我的毒计,像把一头公牛牵进屠宰场一样,一步步诱使我赴宴,然后当着我所有的朋友杀了我。"

"克吕泰涅斯特拉,我恶毒的妻子,忘记了她在结婚典礼上的誓言,连伸手合上我不肯瞑目的眼睛都不肯。世上再没有比她更邪恶的女人了,她以处女之身嫁给我,把她当做新娘接到自己家里的时候,我衷心希望她会爱我,爱我的孩子们。现在,她黑色的变节行为让所有女人的名誉都受了极大的损伤。被妻子深爱的幸运的丈夫们也要疑心,猜想她们会做出什么坏事来。"

"啊呀!"奥德修斯叹道,"阿特柔斯的王室似乎蒙受了极大的不幸,宙斯憎恨他们,让他们娶了那样的妻子。都是因为海伦,你哥哥墨涅拉俄斯的妻子,多少人倒在了特洛伊的战场上啊!"

阿伽门农回答道:"所以不管对哪个女人,都不要让你的好意超过你的算计。不论何时都不要把你的全部所想都说出来,要对她们有所隐瞒。但你完全不必担心会落入妻子的血腥阴谋之中。贞洁的珀涅罗珀智慧超群,并且有着卓越的德行,她是伊卡里俄斯的女儿。当我们告别妻子,离家远征的时候,她还是个年轻的新娘,哺育着第一个孩子,年轻的忒勒玛科斯;等你回去,你会发现他已经成年,并会以相称的方式迎接你。但我再也见不到我亲爱的儿子俄瑞斯忒斯了。他的母亲从他身边夺走了他的父亲,说不定也会杀死他,就像杀死他的父亲一样。这个世界上的女人都不可信。你是否听到过什么传闻?我的儿子还活着吗?他在俄耳科墨诺斯,皮洛斯,还是正住在他伯父的宫殿,在斯巴达?因为现在,我知道他并不和我一起在这里。"

奥德修斯回答说,关于俄瑞斯忒斯的下落,他没听到过什么消息,有的只是些不可靠的传言,无法证明是否属实。

说这一番话的时候,他们俩都流着深情的眼泪,这使他们不幸的命运没那么难以忍耐了。这时,伟大的阿喀琉斯也加入了他们。"是什么样的绝望的冒险把奥德修斯带到了这个地方,"阿喀琉斯说,"来见识死者的末路,观看他们愚蠢的影子？"

奥德修斯回答说，他是来向忒瑞西阿斯询问归乡之路的。"但是，你，哦，忒提斯的儿子啊，"他说，"你为什么这么看不起死人的国度？你生前的荣耀超过了任何一个凡人，到了这里你也应该光辉不减，这样连死亡都被伟大的阿喀琉斯战胜了。"

但阿喀琉斯回答说，他宁可活着做奴隶，也不愿死后做君王。死者的国度里一切都是静止凝滞的，让阿喀琉斯豪迈奔放、永不满足的灵魂非常苦闷。他问奥德修斯自己的父亲珀琉斯是否还在人世，还有他的儿子涅俄普托勒摩斯的表现是否杰出。

奥德修斯说不出珀琉斯的情况，但见过涅俄普托勒摩斯："我保护着你的儿子走海路从斯奇洛斯到希腊，我认识他，所以我可以说说他的金矿。他是议会的首脑，在运动场上也是首屈一指的健将。他对各种事务的领悟力都超凡出众，一有人提出问题，他总是第一个发言，我们倾听他的发言时比对待更年长者的更加用心。他十分善于给予建议，在这一方面，只有我和年长的内斯托能和他并驾齐驱。我不知该怎样赞扬他在战场上的表现，因为数不出究竟有多少人倒在了他剑下。我只举一个例子来说明他的男子汉气概。我们靠木马计骗过了特洛伊人,导致了特洛伊的覆灭;那时我们都躲在木马腹中,我,出谋划策的人不停变换着自己的位置,观察我们的人的行为。我注意到有些人竭力想表现得勇敢,心却在发抖;另一些人则在哭泣,尽管他们并不怯懦。说实话,这是一次极其困难的冒险,在战争这场豪赌中,从没有人下过这样的赌注。但在他身上,我看不出一点软弱的迹象,他紧握着宝剑,既不哭泣也不发抖,在时机到来之前一直催促我打开机关,让士兵们冲出去;而当我们跳出木马,他第一个冲出去,投身到个毁灭和血腥的午夜,那场摧毁了国王普里阿摩斯的城市的激战之中。"

听了奥德修斯的话,阿喀琉斯的鬼魂的脚步轻快起来,他趾高气扬地消失了,奥德修斯对他儿子的一番盛赞让他非常满足。

一个悲伤的影子悄悄走了过来,奥德修斯认出那是埃阿斯,他生前曾与奥德修斯作对,为了分配死去的阿喀琉斯的武器而和他闹出一场著名的争端。希腊人们把武器判给了奥德修斯,见智慧得到的奖赏超过了武力,高贵的埃阿斯气得发狂,自杀而死。目睹这位昔日敌手因为自己的能言善辩而变成了鬼魂,奥德修斯的好胜心淡了,他只愿那场争论最后的裁定结果是不利于自己的,这样,这么一位武艺仅次于阿喀琉斯的英雄就不会因为执着于那套武器而落到这个下场。"埃阿斯,"奥德修斯叫道,"希腊人像哀悼阿喀琉斯一样哀悼你。请不要让你的怒火永远燃烧下去,忒拉蒙英武的儿子。奥德修斯想与你重修旧好,我愿意赎罪,愿意做任何事来安慰你受伤的灵魂。"

奥德修斯看到一个宝座,一位法官坐在上面,正宣布判决。坐在宝座上的正是迈诺斯,他正对死者们进行公正的判决,决定他们该得到福佑还是受到惩罚。

然后,来了一位不寻常的鬼魂,他是身材高大的俄里翁,伟大的猎人,正追猎那些被他在荒僻山中猎杀的野兽。在死后人们依然像在人世时一样喜欢他们生前的职业。

提堤俄斯承受着无止无休的痛苦,因为他曾在从皮同到帕诺佩司伊的路上试图冒犯高贵的拉托娜。两只兀鹰栖在他身边,用弯钩形的喙不断啄食他的肝脏,被啄掉的部分马上就会长回去,他想用双手把它们赶走,却无济于事。

他还看到坦塔罗斯在为他犯下的大罪而受着折磨,他站在齐下巴的水里,却一口都喝不到,因为当他低下头想润一润焦渴的喉咙的时候，舔到的不是水，而是难以入口的尘土；他眼前能看到美丽的水果，它们都熟透了，散发着诱人的香气，结成一簇挂在他头顶，似乎主动献上，任他采撷，但只要一伸手，就有风把它们远远吹上云端，飞到看都看不见的地方。宙斯给了他应有的惩罚，让他身边有水有食，却永远饥渴难耐，因为这个毫无人性的父亲把亲生儿子做成菜肴献给宙斯，他毫无人性的宴席残忍得连太阳都失去了光辉。

他看到了做着无尽的苦役的西绪福斯。他得到的惩罚是永无止境地把一块巨石推到山顶，但石头一到山顶马上就势不可挡地滚下来，于是他只好一次次重复。他浑身流汗，呼出的热气像云雾一样把他的脑袋裹在里面。他的罪状是泄露国家机密。

奥德修斯看到了赫拉克勒斯——不是那位娶了青春女神赫柏，和神祇一起共享不朽的生命的赫拉克勒斯，而是他留在冥府的影子。死者们在他身边围作一团，像蝙蝠一般绕着他打转，痛击着他的脑袋，而赫拉克勒斯只能举着他那张令人生畏的弓，一刻不停地向他们射箭。

奥德修斯还在那里看到了忒修斯、庇里托俄斯和其他老英雄，和他们说了话，但这可怕景象他已经见识足了，于是他用手掩住脸,以免看到更多鬼魂。奥德修斯回到船上,在自己的位子坐下,驾船离开。小船不靠桨橹就自动开了起来,把奥德修斯带离了冥府,向着令人愉快的生者的国度驶去,返回他出发的埃埃亚岛。

第 三 章

塞壬之歌。——斯库拉和卡律布狄斯。——太阳神的公牛。——裁判。——被闪电击死的船员。

不幸的人啊,你一出生就注定要死两次!其他人只要死一次,而你,除了和所有犯人一样等待着你的那一次死亡之外,还要在活着的时候拜访一次死亡的国度。你将与斯库拉和卡律布狄斯遭遇。可怕的塞壬等待着你的到来,她们动听的歌声会让所有听到歌声的人的心志受到污染。听到塞壬的歌声的人会被她们的魔力迷惑,忘记妻子和孩子,他们的爱的激流不再向着家的方向流淌,再也享受不到妻儿团聚的幸福。

伟大的喀耳刻用这样的预言迎接了归还的奥德修斯。奥德修斯恳求喀耳刻教给他塞壬的习性,告诉他怎样才能抵挡住她们有害的诱惑。

"她们是三姐妹,"她回答说,"她们坐在你的船必经之路的草地上,身边环绕着死人的尸骨。那些尸骨都是被她们杀害的人留下的,他们被她们的邀约所迷惑,走进了她们的陷阱。她们唱出的美妙和声里藏着诱惑的魔法,你是无法抵御她们的邀请的。所以,当你们的船从她们身边开过的时候,你要用蜡塞住船员的耳朵,让那些危险的音乐连一个音符都漏不进他们的耳朵;你自己不是不能听她们的歌声,也可以幸存下来,你要严令伙伴把你的手脚绑在桅杆上,绝不可以解开,直到离开她们的危险诱惑为止。你会向他们苦苦哀求,要他们把你放开,但你越是恳求,他们就越是要把你捆得更紧。只有这样你才能逃出陷阱。"

奥德修斯请她告诉自己,她提到、并告诫他要小心提防的斯库拉和卡律布狄斯是什么。她回答说:"离开埃埃亚前往特里纳基亚岛的路上,你们必须从两块可怕的礁石正中间穿过。哪怕是往任何一边偏了一点点,你的船就会被毁灭。除了阿耳戈斯,没有一条船平安无事地穿过那道关口,这还是多亏了他船上装的金羊毛,因为金羊毛是不能被毁灭的。那些礁石中有一块最为巨大,是斯库拉的栖身之地,那块礁石脚下有一个巨大的漩涡,她就藏在那里面;当她现身时,没有一个凡人能忍受她可怕的模样:她伸开六条长长的脖子,朝水底一头扎进去,不论小鱼、海豚、狗鱼和鲸鱼,还是整条的船和船员,一切接近她的狂暴漩涡的东西都会被她吸入腹中。另外一块礁石略小一点,形状也不像前者那样狞恶不祥,可怕的卡律布狄斯就坐在那里,她的本领是从漆黑的深海中喝水;每天她会把海水喝干三次,再吐出来三次;千万不要在她喝水的时候靠近,因为一旦被抓住,就算波塞冬的神力都无法把你们从她嘴里救出来。你最好从斯库拉那面走,因为她的六个头只会夺走你六个船员,而卡律布狄斯无边的贪欲会让你全军覆没。"

奥德修斯问她怎样才能躲过斯库拉,那头海妖是否能用剑杀死;喀耳刻教他绝不可以心存妄想,以为他对付的是一个杀死或杀伤的敌人,因为斯库拉是不死的。他最安全的计策就是逃跑,只向克拉提斯祈祷,她是斯库拉的母亲,也许她会阻止她的女儿吃掉他们。等他们抵达特里纳基亚岛的时候,喀耳刻建议,他要按照忒瑞西阿斯的话去做。

奥德修斯把喀耳刻告诉他的事告诉了伙伴们,因为他们没有参与他和喀耳刻的会谈;他说了关于塞壬的事,但把其他的隐瞒了下来,也没有提及忒瑞西阿斯的可怕预言,因为奥德修斯担心他们会因为害怕而不敢继续航行。分别的时候就要到了,他们扯起帆,最后一次告别了伟大的喀耳刻,喀耳刻用法力让天气好转,让大海风平浪静,还给了他们一阵顺风,推着他们向伊塔刻驶去。

但是,还没驶出三百海里,喀耳刻借给他们的顺风突然停了。大海像沉睡一般宁静,一丝风都没有。船不再前行,一动不动;奥德修斯猜想塞壬的岛屿不远了,空气中了她们歌声中的魔法,才变成了这样。他照喀耳刻的嘱咐做了蜡丸,把伙伴们的耳朵塞住;然后让他们把他的手脚绑住,命令桨手加紧划桨,远离那片致命的海面,越快越好。塞壬很快就看到了她们,她们向奥德修斯唱道:

　　来吧,希腊的荣耀,你值得获得举世赞美,
　　奥德修斯!停下你的船,
　　没人能从这里通过,除非听了我们的歌声;
　　我们的歌让他们如醉如痴,不知餍足,

因为我们完全知晓，在特洛伊的原野，

众神让希腊人和特洛伊人饱尝了多少艰辛；

世间发生的一切都逃不过我们的眼睛。

她们唱着，美妙的嗓音合奏出动人至极的和声，哪一种语言都描述不出。奥德修斯听得如痴如醉，恨不得挣脱绳索，到她们身边去。他威胁水手们把他放开，不仅如此，他还痛哭流涕，乞求他们照他的话做，用狂热的话语诅咒他们。他提起他们一起经历过的危难和他们之间饱受危险考验的同伴之情，还提醒他们，自己是他们的领袖，千方百计想让他们把自己放开，但水手们坚决不肯从命。塞壬们继续歌唱，奥德修斯向他们比划着手势，许诺要给他们堆得像山一样高的金子，如果他们肯把他放开，但桨手们只是把桨划得更快。塞壬们不停地唱着，奥德修斯也不断恳求他们，而水手们只把捆在他身上的绳子系得更紧。他们逃到了很远的距离之外，再也听不到塞壬的歌声了。伟大的喀耳刻所言不虚，因为当她登上那片开满鲜花的草地，走到塞壬女妖和水泽神女之间采集那些具有强大法力的药草的时候，她自己也曾用她那引人入魔的嗓音和她们齐声合唱过，连神祇都为她们的歌声所倾倒,"众神的国度都会被她们唱得醺然入眠"。

脱险之后,又航行了不到三百海里,他们听到了远处的巨响,奥德修斯知道那是斯库拉的恶犬的咆哮声,它们围在她腰间,不断狺狺狂吠。靠近之后,他们看到一股上升的烟,伴随着可怕的水声,那是从另外一个漩涡里发出来的。他们的船向一边漩涡偏了。在漩涡狂暴的怒涛中,船像一块石头一样纹丝不动——远处是斯库拉的群狗们可怖的吼叫,近处又有卡律布狄斯的吼叫,吼声到处回荡,水手们行动的勇气被夺走了,连桨都握不住了。奥德修斯在他们中间走来走去,说着激励的话语,挨个为他们鼓劲,他对他们说,被关在独眼巨人的山洞里的时候他们面临的危险比现在更大,但神祇帮助了他们,让他们平安无事地逃出险境。这是他也无法置信的奇迹,但他们都记得当时的情形。他向伙伴们保证他会像上次一样为他们的安危负起责任,希望他们能对自己报以同样的信任。奥德修斯鼓励伙伴们拿出全部的力量和智慧,如果宙斯不肯慈悲,就靠自己的力量逃脱险境。奥德修斯特别鼓励了舵手,他坐在舵旁,告诉他,他必须显示出比别人更加坚定的意志,因为他的领航技巧关系着其他所有人的安危,这份责任比其他人都要重大。他必须带领着船从隐藏

奥德修斯历险记 · 47

在大漩涡中的礁石旁边绕过去，否则所有人都难逃一死。

听了奥德修斯的话，水手们勇敢地拿起桨，丝毫不知他们在躲避那块礁石时会遇上怎样的危险。奥德修斯没有把实情告诉他们。如果知道斯库拉将带给他们无法挽回的损失，他们一定会害怕得既无心导航，也没力气划桨，躲在船舱里，连看都怕看到斯库拉一眼，最后他们全都会白白送命。奥德修斯也忘了喀耳刻让他不要武装，不要让斯库拉看见自己的忠告，这是保护伙伴的唯一方法。奥德修斯非常鄙视躲起来的做法，为了勇敢的伙伴，他不能不将自己的安危置之度外。他按捺不住，全副武装起来，双手各持一支标枪走上甲板，等斯库拉出现。

斯库拉没有出现。为了避开另一块更加可怕的礁石，希腊人的船向她栖息的礁石越来越近。卡律布狄斯漆黑的喉咙把布满漩涡的海水全部吸了进去，吐出来的时候，她四周的海水像被煮沸了一样翻滚着，在礁石上发出雷鸣般的巨响；再次吸进去的时候，大海见了底，露出深处光秃秃的黑色沙地。水手们万分惊恐地目睹着这一切，吓得面无人色，连奥德修斯都忍不住转头去看大漩涡中的奇异景象。就在这时，斯库拉看到了他们，她那六条长长的脖子从她漆黑的巢穴中猛地伸出，一下掠去了六个水手。奥德修斯听到了他们的惨叫，但看到时已经晚了。被攫去的伙伴们脑袋朝下，拼命伸手向他求救。奥德修斯带领他们逃脱了所有的险境，但这一次他救不了他们了。奥德修斯眼睁睁地看着他们一边悲号尖叫一边被斯库拉拖走，拼命向他伸着手，直到最后也不愿放弃美好的生命。在他所经历的所有磨难中，从没有比这一次更令奥德修斯悲伤。

以丧失同伴的代价从斯库拉和卡律布狄斯口中逃脱之后，悲伤的奥德修斯和剩下的同伴们来到了特里纳基亚岛。上岸后，他看到许多巨大、健美的公牛在吃草。三个海岬从岛上伸进大海，从那些公牛和岛的形状判断，奥德修斯猜出这就是预言家提醒过他的特里纳基亚岛，那些牛就是太阳神的公牛。

经历过前一天的惊险和疲劳，奥德修斯的伙伴们累得划不动桨，一点力气都使不出了，天色也暗了下来。奥德修斯担惊受怕，为了避免自己和同伴对太阳神的公牛做出什么亵渎之举，他要求他们马上登船，离这个危险的地方越远越好；但他的伙伴们异口同声地反对，连谨小慎微的欧律洛科斯也坚决反对。在辛苦一场之后，懒散闲适的感觉美好了十倍，最贤明的人都无法抗拒这样的诱惑。比起只是有可能发生的危险，他们更惧怕海上确定无疑的危险。他们对奥德修斯说，奥德修斯的神经好像是铁打的，四肢好像也比其他人更加耐劳，对奥德修斯来说，休不休息似乎没有什么区别，但他们只是凡人，不是神祇，和凡人一样会感到饥饿和困倦。并且，最能毁坏船只的风都是在夜间吹起的，天黑之后，他们需要的是肉食和睡眠，还有安静的港湾和休息放松，清晨才是向海神献祭的最好的时候。多数派总是很乐意为自己的利益辩护，把反对意见驳倒；伙伴们不肯服从奥德修斯的命令，用水手们常说的谚语跟他辩论不休，奥德修斯被迫答应了他们的要求，不情愿地决定在岸上扎营过夜，但他要求他们先发一个誓：他们只能吃喀耳刻在他们离开埃埃亚岛时装在他们船上的食物，决不能伤害或者杀死他们看到的任何一头公牛。伙伴们依次发了誓，说要让违反誓言的人受到最严重的诅咒。他们在一条溪边下了锚，拿出喀耳刻给的食物，吃了晚餐。一想到被斯库拉吞食的伙伴，他们心中就充满了悲伤，大半个晚上都无法入眠。

　　早晨，奥德修斯又提醒他们遵守誓言，不可伤害他们看到的那些美丽的牲畜，只能吃船上的食物，因为那些牲畜属于太阳神,那位神祇无所不知,无所不晓。

伙伴们诚实地遵守了誓言,一个月时间里都没动过邪念。逆风刮了一个月,他们被迫留在岛上,带来的酒和面包都吃完了。食物告罄之后,他们不得不四处游荡,寻找鱼和鸟果腹,而在这片海滩这两样都很难找。奥德修斯向众神祈祷,希望他们能赐给自己和伙伴们一个既能避免饥馑,又不用去亵渎圣牛的方法,但神祇们似乎听不到他的祈祷,又或许是某位愤怒的神祇故意要引他走向毁灭。中午时分,奥德修斯本应警醒,看着同伴们,提防他们做出什么坏事的时候,睡神的魔力重重地落在了他眼睛上,他睡着了,躺在那里,对身边发生的事一无所知,既不知道伙伴或者敌人的所作所为,也辨别不出那会使他受益,还是将他毁灭。希腊人中地位仅次于奥德修斯的欧律洛科斯抓住了机会,向伙伴们说明了他们的悲惨境地。他说,对凡人来说,任何一种死法都是可憎而痛苦的,其中饿死尤为难忍,还令人饱尝厌恶和屈辱。靠捕鱼捉鸟得来的食物太不稳定,不是长久之计。风也没有转向的迹象,好让他们离开这个地方。要是他们继续相信那些毫无道理可言的迷信,不去接受大自然的奉献,他们就会饿死在这里。奥德修斯可能是被欺骗了,才会深信这里的公牛比别处的公牛神圣。就算他说得没错,这些公牛是太阳神的牲畜,可太阳神本人既不吃也不喝,并且敬奉神祇的最好的方法并不是谨小慎微的念头,而是怀着感恩的心,自由地取用神祇们慷慨提供的一切。在他的劝诱之下,饿得奄奄一息,几乎要暴动起来的伙伴们违背了誓言,宰杀了那些公牛中最美的七头,把一部分牛肉烤熟吃了,另一部分拿来向众神们,特别是向太阳神阿波罗献祭,并许诺等他们回到家乡会在伊塔刻为他建造一座神殿,供奉无数华美的礼物。多么愚蠢啊!他们嘲笑奥德修斯迷信,自己的迷信却更甚于他:正在实施的亵渎行为怎么会因为事后的悔过而得到原谅,神祇至纯的天性又怎么会接受妥协,去减免他们的罪行?

希腊人把烤好的牛肉分开,大吃起来。对他们来说那是美味可口的牛肉,但奥德修斯看在眼中的是却一片惨相,嗅在鼻子里的气息也带着死亡的味道。醒来的奥德修斯目睹了这场鲁莽的渎神宴会,但已经来不及阻止。他想质问他们对他做了怎样的恶行,但还没来得及问,就看到了令人惊讶的情景:剥下来的牛皮像有生命一样在爬动,烤熟的牛肉发出活牛一般哞哞的叫声。看到这些预兆,奥德修斯吓得连头发都竖起来了,但他的伙伴们,像所有被神祇诅咒、注定要毁灭的人一样浑然不觉,继续着他们可怕的宴席。

太阳神坐在他燃烧的战车上,看到他的公牛被奥德修斯的手下屠杀了。他向父亲宙斯叫道:"为我向那些不敬的凡人复仇吧!我很喜欢在巡天的时候看看它们,这条路我每天都要走一趟,但从没见过比它们更灿烂美好的生物。而现在,他们把我的公牛屠杀了。"众神之父宙斯许诺会给那些被诅咒的人应有的惩罚,没过多久,当他们动身离开那座岛屿,神的惩罚降临了。

虽然有上天的预兆,他们的欢宴还是持续了六天,第七天,风向转了,他们扬起帆离开了岛屿。因为那场欢宴,他们心中充满快乐,只除了奥德修斯,他的心情分外沉重,看着自己的伙伴时眼里含着泪水,因为他们已经成了神祇报复的对象,注定命不久矣。他们很快就受到了惩罚。船没开出去多远,海上就起了可怕的暴风雨,锚链断了,桅杆倒下来,舵手被桅杆碾碎了头颅,从船尾落进水里,无人控制的船只能被风带着乱跑。雷声响起,宙斯可怕的闪电打了下来,第一束闪电击中了欧律洛科斯,紧接着是另一个水手,最后所有人都被击死了,他们的尸体像海鸥一样四处飘荡,船也被打得粉碎。只有奥德修斯活了下来,他没有妄想自己会平安无事，把自己和桅杆绑在一起，坐在上面，漂浮在波涛之上，不管身处怎样的险境，也不肯向命运低头。他随着海浪漂流了整整九天，除了坐着的细细的桅杆之外没有任何东西可依靠，直到第十个夜晚到来，筋疲力尽的奥德修斯被推上了俄古癸亚岛友好的海滩上。

奥德修斯历险记 · 55

第 四 章

卡吕普索的岛屿。——奥德修斯拒绝了永恒的生命。

从这时起,奥德修斯不得不开始了孤身一人的冒险。那些带着特洛伊城的战利品和他一起离开亚细亚,与他并肩度过艰险历程的伙伴已经一个不剩地成了无情海浪的猎物,葬身鱼腹了。奥德修斯雄壮的船队只剩下一条船,而那最后一条船也被大海吞没,一去不返。他们思乡的拳拳之情终归何处?他们不屈不挠,熬过了一个不幸的水手可能经历的最难熬的折磨和最艰辛的苦劳,本应在看到故乡伊塔刻的海岸,与久别的妻子重逢的时候得到报偿。而奥德修斯,失去了船的船长,被世间的一切奴役、玩弄的可怜奴隶,反复无常的命运女神再次将他带到了好运的预兆中。他被赤身裸体地冲到了岸上，丧失了所有伙伴，但一位女神前来照顾他，还有一群永生的少女陪伴他。有谁没听说过卡吕普索的名字呢？她的圣林长满了桤木和白杨，她居住的洞室爬满茂密的藤蔓，满紫色的葡萄，她那水晶般清澈的泉水，奔流不停的小溪，开满甜蜜的香芹和紫罗兰的草甸，蓝色的紫罗兰像脉络一般镶嵌在她芬芳的草地上！这位女神为了留下奥德修斯，求得他的爱情而施展的种种温柔手段，已不必一遍遍复述了。后来奥德修斯的儿子和雅典娜变化成的门托耳也到这座无忧岛寻找过奥德修斯，那时他刚刚离开。女神又在奥德修斯那不如父亲警惕的儿子面前施展过，雅典娜差一点就没能保护住他，让他落入卡吕普索的陷阱。

像所有正直的人一样，奥德修斯对妻子怀着深沉的爱，也无比地思念着故乡。喀耳刻对他的爱极其真挚，而卡吕普索对他的热忱和激情更超过她十倍。她对他百依百顺，只是不肯让他离开；她向他献上一切，甚至提出要让他和自己一样永葆青春——只要他留下来和自己共享快乐，他就会永生不死。但对一个英雄的灵魂来说，光荣地赴死比耻辱地永生更有吸引力。当他对心爱的珀涅罗珀说出结婚誓言的时候，他许诺要和她一起生活,一起变老,即使一位女神对他青眼有加,愿邀他同衾共枕,奥德修斯也不会抛弃妻子。他不会丢下珀涅罗珀一人独活,也不会分享女神的永生。

虽然身处极乐,这些念头使奥德修斯愁眉不展,闷闷不乐。他的心挂念着大海,向伊塔刻飞去。十二个月慢慢过去了,智慧女神雅典娜在天上看到了她最喜欢的凡人,发现他日复一日地坐在海滩上,形容憔悴,盼望有一只船能带他回家。雅典娜非常生气,因为奥德修斯这样一个聪明机敏、勇敢无比的人会被一个毫无长处的女神用女性的枷锁困住。她去找众神之父宙斯,请他派赫耳墨斯到人间去,命令卡吕普索释放她的客人。神的使者把他那双有翅膀的鞋子系紧,飞越平原和海洋,手里拿着显示出他权威的那根金杖。他在天上盘旋了很多圈,最后在皮厄里亚山山顶停下了脚步;然后,他又在海上巡视了一圈,飞行的时候,他的脚亲吻着海浪,像捕食的海鸥用翅膀轻点海面一样轻盈。最后,他来到了俄古癸亚岛,飞到了女神居住的岩洞,去完成他的使命。

卡吕普索不情愿地答应会服从宙斯的命令。赫耳墨斯走后,她找到坐在岩洞外的奥德修斯,他对那自天而降的消息还一无所知,心怀不满,看不到一点能靠人力回家的希望。

她对奥德修斯说:"郁郁不乐的人啊,你不必再为思念家乡而饱受折磨了,去为自己造一艘船,坐着回家去吧,这是神祇们的旨意;无可置疑,他们的力量远远超过了我,见识也在我之上,他们知道什么才是最适合凡人的。但我要请求诸神和我自己的良心作证,我只希望你平安,我不会做任何危害你的事,也不会挑唆任何人这么做。当你身处险境,我不会怂恿你做任何我自己不会去做的事,我的心是简单而纯真的。哦,如果你知道你还要遭受多少磨难才能回到故乡的土地上,当我这样一位女神主动提出让你长生不老的建议的时候,你就不会不假思索地拒绝;如果你明白一个注定要老死的人类只能享受的几年快乐时光,你就不会拒绝和卡吕普索一起共享永恒的生命。"

奥德修斯回答说:"永远被人敬仰的,伟大的卡吕普索呀,请不要对我动怒,我只是一介凡人,渴望着和我那同属凡人的妻子再度聚首,对软弱无力的凡人来说,还是凡人更相称。你富有智慧,高大威严,匀称美丽,又有法术的天赋,这些都远远超过我的妻子珀涅罗珀,她只是个凡间女子,会衰老;你永生不死,活力常在,永远不会因为年岁日增而衰老、变化。只消看到珀涅罗珀,我的所有渴望便终结了,见到了她,还有我的故土,我的所有愿望便得到满足了。如果哪一位神祇嫉妒我,不想让我回家,要在我在海上航行的时候对我下毒手,我会顺从他的安排,因为神祇赋予了我一个不因受到挫折而沉沦的心灵。不论是在战场上还是大海中,我都经历过磨难。"

女神听了的他的恳求,只得首肯。她吩咐负责护卫圣林的侍女们砍伐树木为奥德修斯建造船只。侍女们依言用她们柔嫩的手指从事起这项并不适合她们做的工作,让她们作出这种牺牲并不艰难,因为她们对仙女言听计从。这项工作倒是很适合奥德修斯,他不断地自我激励,比侍女们工作得更加努力,和她们一起砍倒了二十棵最干燥、最适合加工成木材的高大树木。奥德修斯像一个技艺高超的造船工一样动手把木板拼在一起,刨子、斧子、木螺钻使得飞快,四天时间里,甲板、船舱、侧板、帆桁依次完成,船造好了。卡吕普索在船上挂好了亚麻做的帆和索具,做完这一切之后,船变得十分优美,可以让人独自一人或带着伙伴一起出海,跨越大洋了。第五天早上,他们把船推下水,奥德修斯把卡吕普索送给他的食物、华美的衣物、金银宝贝搬上船,向仙女和她的侍女们做了最后的告别,扬帆离开了曾善待过他的俄古癸亚岛。

奥德修斯历险记 . 61

第 五 章

暴风雨。——海鸟的礼物。——泅水逃脱。——在树林中的睡眠。

在孤身一人的航程中,奥德修斯坐在船尾,熟练地驾驶着船,怎样的睡意都无法俘虏他的眼皮。他仰观七姐妹星团和大熊星,有人管它们叫北斗星。他看着它们始终垂挂在海平面之上,绕着猎户座旋转,被有些人称为御夫座的牧夫座则在慢慢下沉。他以这样的航向航行了十七天,第十八天,他看到了淮阿喀亚岛的海岸线。从海上看,那片陆地的形状像一面盾牌一样圆润美丽。

波塞冬从他最喜欢的埃塞俄比亚回来了,从索律摩伊山顶上发现奥德修斯正穿越海洋,他的领地。一看到这个把自己的儿子波吕斐摩斯的眼睛弄瞎的可恶凡人,波塞冬心中就燃起了怒火。他拿起自己的海之权杖——一把蕴含着他神力的三叉戟,搅乱了风和海水,召唤出他所有的黑风暴。他用云块包覆了天空,好似凭空召来了夜晚;他操纵着黑暗,就像操纵着海水,令其席卷陆地一样。狂怒的风掀起巨浪,风和浪一起在这场雄壮的比赛中竞技着。

奥德修斯的双膝因为恐惧而直不起来,他精疲力竭,唯愿自己和那些同乡一样,在远征特洛伊之前就死去了,这样他还可以得到一个希腊人的葬礼,而不是这样无人知晓、无人悼念地死去。

当这些哀伤的念头在他脑中徘徊的时候,一个巨浪打来,把他掀下了船,船在怒涛中翻了个个,他被冲出去很远,挣扎着摸到断裂下来的船尾,抱住不放。桅杆被来自四面八方的狂风一下折成两段,船帆和帆桁都落入了深渊,奥德修斯自己也长时间地淹在水底,无法把头伸出水面,海浪一个接一个地打来,仿佛在竞争哪一个能把他压得最低一样;卡吕普索送给他的华贵的长袍紧紧地裹在他身上,让他没办法游水,但船只倾覆和身处险境的困苦都没有使他放弃那艘湿透的船,他和波塞冬的力量抗争着,再次抓住了船,这一次抓的时间长了一些,还坐到了船壳里。他咒骂自己刚刚逃脱的死亡,挣脱了咸涩的海浪,把它们还给大海,去对付其他的人;他的船不受控制地飘荡着,不断从一个浪尖打到另一个浪尖上。狂风来回吹打着它,玻瑞阿斯把它推给诺托斯,诺托斯又把它递给欧罗斯,欧罗斯把它吹到西风手中,西风则把它送还玻瑞阿斯,如此循环往复。

海洋女神琉科忒亚看到了他们这场疯狂的游戏,她曾是凡人卡德摩斯的女儿,见奥德修斯变成了风神们的玩物,她从海浪中升起,变成一只鸬鹚,落在奥德修斯的船上,嘴里叼着一条用长在海底的海草编织的美丽腰带。海鸟把腰带丢到奥德修斯脚边,开口对奥德修斯说,告诫他别指望那条船能救他的命,因为它已经成了海神波塞冬发泄怒气的对象;也不要再留恋卡吕普索给他的那件碍事的长袍,他应该把长袍脱掉,跳下船,游水求生。"拿着,"化身为海鸟的女神说,"把这条带子系在腰间,它会在海上保全你的生命,让你安全抵达岸边,但登岸之后,你要把它远远地扔回海里。"奥德修斯照她说的做了,他脱掉衣服,赤身裸体地系上那条神奇的腰带,纵身跳进海里。海鸟从他眼前消失,回到了大海那深不可测的深渊之中。

两天两夜过去了，奥德修斯在波涛中挣扎，全身酸痛，饱受风浪的殴打，几乎力尽，但始终没有认输，他相信那条腰带的神力，也相信那只神鸟所说的话。到了第三天的清晨，海风渐平，云散天晴；奥德修斯发现自己离一个岛屿已经不远了，他认出那是淮阿喀亚的海岸。那里的人对陌生人十分友好，拥有很多船只。奥德修斯相信，在他们的慷慨帮助下自己很快就能回到故乡了。奥德修斯心中的欢乐有如一个父亲久病不起，身体衰弱的儿子得知自己献给众神的祈祷终于得到了回报，父亲年迈的身体再一次恢复了力气和活力，就要痊愈了。归乡的愿景对奥德修斯就是这么重要：他把故乡视为父母，因为国王长期不在，那里陷入了混乱，而他很快就能回去，让她恢复活力了。看到海岸、树木的时候，奥德修斯高兴极了，因为这意味着安全。它们看上去是如此之近，伸手可及，奥德修斯竭尽全力地用手脚划水，向陆地游去。

但游近岸边的时候，他听到巨浪砸在礁石上的可怕的隆隆声，意识到那儿没有可以上岸的地方，也没有可使用的港口，在被海浪冲到岸边，高高堆起的海草和泡沫下，他模模糊糊地看出那里崎岖不平，到处都是坚硬的礁石，整段海岸是一块凌空凸起的巨石,根本爬不上去。海水很深,一块可供他疲惫的双脚休息的沙滩都找不到,比无法登岸更糟的是,他无时无刻不在担心,怕自己会被一个恶浪掀起,拍死在石崖上。他应该游到别处,另寻一个宽敞的港口,但他又很害怕,因为他已经精疲力竭,狂风也许会把他拖到深海里去,可怕的海神波塞冬正因为奥德修斯逃出了他的手掌心而大发雷霆,一旦回到他支配的领域之中,恶毒的追捕就会继续,说不定海神会从大群的巨鲸里派出几条,把他活活吞掉。

奥德修斯想着可能遇上的种种危险,不觉分神了,就在这时,一个大浪把他赤裸的身体摔在了尖锐的礁石上,这一摔让他遍体鳞伤,浑身的骨头都差点给打断了。但就算在最为困窘的险境之中,智慧也没有离他而去,智慧的化身雅典娜让他兴起一个念头,他不再游游停停,在危险中浪费时间,而是勇敢地游向那威胁着他的生命的海岸,抱住了那块无情地割伤他的身体的石头。奥德修斯双手抱住礁石,和危险抗争,直到那阵狂暴的巨浪过去,不再把他抛上抛下,但礁石击退海浪的同时也把奥德修斯的手甩脱了,倒退的海水把他往回吸。而那块锋利的礁石,奥德修斯抱住求救的那个冷酷的朋友,无情地割开了他手上疼痛不堪的肌肉。他坚持不住,松开手摔了下去,深深地跌进水底,命运女神不肯对他施以援手,所有的好运也离开了他,但万幸的是,雅典娜激发了他的智慧,教他放弃这个登录地点,尝试另一条路线。

在智慧女神的指引下,奥德修斯拖着疲惫不堪,濒临力竭的身体来到了不远处的加里西厄河河口,这条美丽的河在那儿汇入大海。这边的海岸很容易接近,岩石错落有致,毫无敌意,几乎像是仔细磨光了棱角,邀请我们的漫游者在此上岸,并为了那些不友好的山崖对他的冒犯行为赔礼道歉。加里西厄河的神祇似乎很可怜他,让河流停止,波浪平息,好让他上岸更容易些。不像那些在波塞冬的暴风雨和对人类毫无怜悯的苦咸的深渊中来的海洋神祇,山溪、林泉、河流、湖泊中那些永生的神祇待流浪的凡人很好,对他们的求助有求必应,因为他们生活在陆地上,有着和凡人相仿的温柔脾性。

就这样,奥德修斯在河神的照拂下半死不活地爬上了岸。他双膝打战,强壮有力的双手也因为过度的苦劳虚弱地垂了下来,咸涩的海水他在挣扎中喝下不少,还有一些从他脸颊上和鼻子里流下来。他发不出声,也喘不上气,一头栽倒在地上,像是死了一般。劳累让他几乎处于濒死状态,大海似乎整个浸透了他的心,他浑身上下每一条血管都像受过苦刑一般疼痛。但意识稍微清醒一点,他马上站起来,把神祇化成的海鸟送给他的带子从腰间解了下来。他没有忘记收下腰带时受到的告诫,照海鸟说的,把腰带远远扔进了河里。带子随着退潮的水流漂回海里,回到了琉科忒亚美丽的手中,她把腰带保存了下来,用来保佑那些和奥德修斯一样沉船遇险的水手,让他们在危机四伏的海浪中平安无事。

　　奥德修斯亲吻朴实无华的大地,它象征着他已经脱离险境。他沿着河流那令人愉悦的河岸向前走,来到一片灌木丛前,那儿的植物生长得比别处都茂盛,似乎给向他指示出一个地方,来休息一下在海上疲惫不堪的身体。奥德修斯脑子里冒出一个新的疑问,天色渐晚,他不知自己该不该在此处过夜。这里没有值得戒备的敌人,但海风刺骨,随风而来的潮气和霜冻可能会让虚弱不堪的他丧命;他不知自己是否该再翻过一个山丘,到树林深处去,在那儿,他或许找一个温暖而隐蔽的地方睡上一觉,可又怕被从那儿路过的野兽吃掉。最后,他想出了一个办法,也是一个最好的办法,这法子也有危险,并且要费一番事,发挥自己的聪明才智,但比起被动地沦为寒冷和环境的受害者,连抗争都不尝试一下地死去要光荣得多。

奥德修斯掉转方向,朝最近的树林走去。他走到林子里,找到一片野橄榄和其他矮小树木丛生的地方,树丛密密地交织在一起,潮湿的风无法从它们的枝叶之间钻进去,灼热的阳光和雨水都抵达不了里面,因为它们生得层层叠叠,十分紧密。奥德修斯钻进树丛,用灌木落下的叶子铺了一张足够两三个人蔽身御寒的大床,好抵挡冬季寒冷如铁、肆虐咆哮的风。他钻进叶子堆,像拢篝火一样把叶子堆在自己四周,然后在中间躺下。人类美德的种子在寒碜的枯叶遮蔽之下睡着了。雅典娜很快就把深沉的睡眠带给了他,长久的苦劳似乎已经到头,在他眼睑后那个小小的空间之中结束了。

第 六 章

瑙西卡公主。——浣洗衣裳。——抛球游戏。——淮阿喀亚的王宫和国王阿尔喀诺俄斯。

这时雅典娜连夜来到阿尔喀诺俄斯王的宫殿，计划让此地国王的女儿在奥德修斯醒来后和他见一面。雅典娜变成公主瑙西卡最喜欢的侍女的模样，站在她床边对睡梦中的公主说：

"瑙西卡，你怎么还在睡觉，却把你那些出嫁时穿的长袍忘在脑后了？你的长袍又多又美丽，在柜子里等待着你结婚的那一天，而那一天已经不远了；你不只需要用它们来打扮你自己，还要当做礼物赠给那些送你去神庙的童贞女。及时收拾好那些衣服会让你赢得好名声,也会让你高贵的父母满怀喜悦。咱们早早起床,到河边去浣洗你那些用亚麻和丝绸做的精美的衣服吧;去求你父亲借骡子和车子给你,因为你的衣服又多又重,我们要去洗衣的地方又远,像你这样一位尊贵的公主是不该徒步走那么远的路的。"

女神说完就离开了,瑙西卡醒过来,心中满是对婚礼的愉快的想象,而那个梦告诉她,婚礼已经近了。天一亮,她就起了床,穿好衣服去见父母。

王后早已起床,她和侍女们坐在一起,摇着纺轮。在那个古老的年代,贵妇人从不会不屑地荒疏主妇的工作。瑙西卡的父亲正准备早早外出,与元老们商议政事。

"我的父亲,"瑙西卡说,"请你命人为我预备骡子和一辆车,让我和我的侍女们到城外的水池去洗衣服吧。"

"我的女儿要去洗衣服,这是怎么一回事?"阿尔喀诺俄斯说。

"我要去洗我和我兄弟们的长袍,"她回答说,"它们在柜子里放了太久,到现在已经不干净了。你有五个儿子,我有五个兄弟,其中两个已经结婚,还有三个依然是单身。对他们来说,保持服装的整洁是十分重要的,这会让他们在寻找婚配对象时运气更好。除了我,他们的姊妹,还有谁应该关心这件事呢?父亲,你本人在出去商讨国事时也要穿上最洁净的服装,就像现在一样。"

姑娘请求着父亲,含羞地闭口不提对自己婚事的关切。父亲没有因为女儿恭谨的要求而不快。年轻姑娘可以适时地对自己的婚姻产生关切,若她顺从而有分寸,依照父母的意志选择未来的夫婿,国王不担心瑙西卡会做出不恰当的选择,因为她的智慧和她的美貌一样出类拔萃,淮阿喀亚也不乏杰出的青年,他们中的每一个都配得到她的爱情。于是,阿尔喀诺俄斯欣然允许了她的请求,命人为她备好骡子和骡车。瑙西卡把她房里的衣服全部拿了出来,装到车上,她的母亲还在车里放了面包、美酒和满满一金瓶的香油,好让瑙西卡和她的侍女们从河里上来的时候涂抹,让她们光洁的皮肤更加柔软。

瑙西卡让侍女们和她一起坐上车,驱动骡子,来到出了城不远的蓄水池。那里的水是从加里西厄河引来的。

在那里,侍从们把车辕从骡子身上卸下,取出衣服浸在水中,淘洗几遍,然后用脚踩净,她们互相打赌,比赛谁洗得又快又干净。她们像所有年轻姑娘一样,玩着种种别致的小

奥德修斯历险记 . 73

游戏,轻轻松松地消磨着劳动的时间。瑙西卡公主在一旁观看。把衣服在地上摊好,等衣服晾干的时候,她们玩起一种抛球游戏,瑙西卡也参加了进去。在她们的国家,这个游戏是这样玩的:姑娘们按照顺序敏捷地把球抛给同伴,最先开始的那个还要唱支歌。轮到公主抛球的时候,她不小心把球抛得太远,越过了目标,落到了河上的一片水湾之中,姑娘们既惊讶又快活地叫了起来,把沉睡中的奥德修斯惊醒了。经过长时间的辛苦,他正在林子里休息,而他藏身的树林离年轻姑娘们洗浣衣服的地方并不远。

听到女子的叫喊声,奥德修斯悄悄从藏身之处钻了出来,他往身上裹了些粗枝和叶子,尽量避免赤身裸体。看到突然出现,饱受风雨摧残又半裸着的男子,姑娘们吓坏了,四下逃散,躲进了树林。雅典娜出于值得称颂的理由促成了这次会面,并让它看起来像是出于偶然。瑙西卡胸中被雅典娜注入了勇气,她站在原地没动,决心问个究竟:他是什么人,为什么会出现在她们面前。

考虑周全的奥德修斯没有冒险靠近公主,或像所有有求于人的人一样抱住她的双膝,他站得远远的,对姑娘说:

"在我无礼地向你提出恳求之前,请容许我先问一句,我正对她说话的是一位凡间女子,还是一位女神?如果你是一位女神,在我眼中,你像是宙斯的女儿,贞洁的狩猎女神阿尔忒弥斯,不管是容貌、身姿还是风度和神圣的仪态,你和她都是如此相似。"

瑙西卡回答说自己并不是神,只是一个凡间少女。奥德修斯接着说道:

"如果你是凡人,你的双亲和兄弟们都是受了三重祝福的,这样一个完美无缺的女儿和姊妹一定让他们喜不自胜——你亭亭玉立,好似一棵优美动人的年轻乔木;但最有福的是那个能与你缔结良缘的男子。我从未见过一个配得上你的男子,也从未见过一个能在任何一个方面与你比肩的女人。不久之前,我曾在得洛斯岛短暂停留,在那儿的太阳神庙外,我曾看到过一株年轻的棕榈树,它是如此挺拔,如此美丽,我所见过的任何一棵树木都无法与它媲美:我只能把你比喻成它。你让我惊讶,痴迷,而这些感情又被敬畏之心压倒了,我不敢接近你,抱住你的双膝。这并不奇怪,再清明、坚定的人接近一个如此光华灿烂的事物的时候都不免心怀踌躇、步履蹒跚:但我遭受的一连串不幸已经让我惯于接受这种强烈的印象了。整整二十个昼夜,无情的大海摧毁了我的船，把我抛上掷下，将我从俄古癸亚岛带到了这里，在深夜把我推上了你的岸边。你是我上岸之后见到的第一个人。我只求你给我一点衣服，指点我到附近城镇的路，对待陌生人心存慈悲的神祇们会为你的好意而赐福于你的。"

奥德修斯外表粗野，毫无风度可言，但他的恭维让瑙西卡非常高兴。她回答说："陌生人，我看你既不怠懒也不愚蠢，并且，我还看出你潦倒落魄，饱受苦难。我认为智慧和勤勉都不足以保持长久的幸运，只有受宙斯青睐的人才能得到上天的保佑。也许是他让你沦落至此，但既然你流落到了离我们的城市这么近的地方，我们便有义务满足你的要求。被不幸折磨得如此驯顺的求助者啊，不论是衣服，还是我们能提供的任何东西，你都将无匮乏之虞。我们会带你去我们的城市，把我们的民族的名字告诉你。这是淮阿喀亚，我的父亲是阿尔喀诺俄斯，这里的国王。"

瑙西卡把被奥德修斯吓得四散而逃的侍女们叫了回来，教她们不要害怕。她说："这个男人不是独眼巨人，不是海中的怪物，也不是路上的妖魔，你们不应该害怕他。他富有男子气概，沉稳而又考虑周详，虽然外貌潦倒，却有聪慧的头脑和不屈不挠的精神。带他到水塘边，让他在那里沐浴，洗掉身上的海草和泡沫,把我们带出来的衣服给他挑,选出合他身的。"

奥德修斯退到姑娘们看不到的地方,在水塘里洗去礁石和海浪留在他身上的泥土和污物,穿上了公主的侍女们送来的合身的衣物,以更合乎礼数的姿态再次出现在公主面前。瑙西卡充满爱慕地发现,这个人穿好衣服之后变得异常俊美。她猜想他一定是一位国王,或者大英雄,暗自期盼神祇赐她一位这样的丈夫。

她吩咐侍从把骡子架上车,把被太阳的热力烤干的衣服装回车上,和侍女们一起坐上车,返回宫殿。动身前,她嘱咐奥德修斯看着车子,隔着一段距离徒步跟在后面。之所以要这样做,是因为如果她允许奥德修斯和她同车,有可能会受到人们的误解,以为她的作为并不是出于纯然的慈悲,而是对他心怀爱慕,或有某种不好的企图,而人们又是如此热衷于对自己比不上的人恶语中伤,横加指责。这位令人仰慕的公主任何行动都是如此谨慎,时刻注意着自己的形象。

奥德修斯进入城中,吃惊地观看着壮观的集市,宏丽的建筑物和神庙、墙壁和三角拱;城里贸易繁荣,人口阜盛,舰船如织的港口更是显示出了淮阿喀亚的强大。但当他来到宫殿前，目睹了它豪华、宏伟的建筑物，它的林荫道、园圃、雕塑、喷泉之后，他满心敬仰和爱慕，看得入了迷，对另一个民族的城市流连忘返，几乎忘了自己的处境。清醒过来之后，他勇敢地踏进了内殿，国王和王后正和达官显贵们一起用餐，瑙西卡已经将奥德修斯的到来告诉了他们。

奥德修斯谦卑地双膝跪倒，向他们求告：命运将他赤身裸体地抛在了他们的海岸上，他希望他们能给予他保护，从伟大的淮阿喀亚拥有的众多舰船中调出一艘，送他返乡。说完，他按照当时的习俗，像所有走向国王提出请求的人一样，在遍布炉灰的灶台旁坐了下来，以表示更多的谦恭之意。

国王阿尔喀诺俄斯见这位求援者举止高贵，站起来向他致意，请他从他所挑选的那个凄惨卑微的位置站起来，到他的王座旁边的上座就座。阿尔喀诺俄斯对他的重臣们说：

"淮阿喀亚的贵族和元老们，你们看看这个人，我们并不认识他，他以求助者的身份来找我们，但看起来他似乎并不需要帮助。但不管他是谁，既然神祇将他置于我们的庇护之下，我们就该在他逗留的这段时间尽地主之谊，并在他离开的时候准备一艘配得上这位举止尊贵的人的船，按照符合他身份的方式送他回故乡。"

元老们都表示赞同。仆人为奥德修斯端上美酒和肉,他吃喝了,向神祇祈祷,感谢他们在阿尔喀诺俄斯心中激起了高贵的慷慨之心,对身陷困境的他施以援手。但奥德修斯并没有对国王和王后表明自己的身份,也没有说他从何处而来。他只简略地告诉他们自己被冲上了他们的海滩,在林子里睡着,辗转与瑙西卡公主相遇,得到了公主慷慨而又不失谨慎的帮助。奥德修斯用动听的言辞赞美瑙西卡的德行,瑙西卡的父母听得非常高兴。仁慈的阿尔喀诺俄斯考虑到他的客人经历了这么多磨难,一定非常需要休息,也需要食物来补充精力,就早早地打发奥德修斯去卧房休息。奥德修斯被带到一个华美的房间,在那里找到一张铺得整整齐齐的床,但他再也没有睡得像在急需睡眠时在那堆拢起的树叶里的那一觉那么香甜。

第 七 章

得摩多科斯的歌声。——奥德修斯被护送回家。——水手变成石头。——年轻的牧羊人。

天亮之后,阿尔喀诺俄斯吩咐传令官向全城宣告,说有一位像神祇一样仪表堂堂的陌生人船只失事,来到了他们的海岸,国王邀请全城的达官显贵到宫殿来向他致意。

宫殿里很快就挤满了客人,为了更加尽兴,同时也给奥德修斯更多的尊敬,阿尔喀诺俄斯举行了一场豪华的宴席,款待宾客,还有音乐佐席。奥德修斯被安置在紧挨着国王和王后席位的桌子上,所有人都看得到他。欢宴之后,阿尔喀诺俄斯命人把宫廷歌手得摩多科斯招来,让他唱几首歌颂英雄事迹的歌曲来愉悦宾客们的耳朵。得摩多科斯来了，伸手触摸着他那挂在两根银柱之间的竖琴。为了补偿这位盲歌手失去的光明，缪斯赐给了他内在的洞察力，让他的灵魂和嗓音获得了让凡人和神祇都兴奋愉悦的力量。他唱起沉重而庄严的家族世系，歌唱着拥有至高荣耀的人们的光辉事迹。他选了一首关于奥德修斯和大埃阿斯的争执的诗歌。他们俩在神圣的宴席上发生口角，表达着彼此的不和，而阿伽门农则坐在一边看着希腊人们彼此争吵，打心里感到高兴，因为皮同的神谕告诉他，在他们攻打特洛伊的过程中，希腊的诸位国王急于早点获胜，结束战争，他们会发生一场争执，在争执中辩出他们将凭借什么赢得这场战争——力量，抑或计谋。

　　盲歌手把这场英勇的辩论描绘得活灵活现，那些和大埃阿斯在争论中说过的话语勾起了奥德修斯对那场争吵的回忆，泪水从他眼中涌了出来，他撩起宽大的紫袍挡住了自己的脸。他请人帮自己斟一杯酒，然后偷偷地洒在地上，献祭给神祇，因为他们让得摩多科斯在毫不知情的情况下给予了自己如此之高的荣耀。歌手又唱起另外一个和奥德修斯有关的故事，这个故事唤起了奥德修斯关于那些勇敢的追随者的回忆,他们曾跟着他历尽艰辛,现在却都被大海吞噬,一去不返了;还有那些和他在特洛伊并肩作战的国王们,他们有的去世,有的和他自己一样流落在外。这些回忆鲜明而强烈地占据了奥德修斯的心神,他忘了自己身在何处,当场哭泣起来,虽然他马上控制住了自己,但还是被阿尔喀诺俄斯觉察到了。阿尔喀诺俄斯不知哭泣的人就是奥德修斯,只是叹了口气,让得摩多科斯不要再唱下去了。

接下来是向来客表示尊敬的淮阿喀亚舞蹈表演。舞蹈之后是比试技巧和力量的比赛,赛跑、竞走、掷铁饼,比武,掷标枪、射箭。奥德修斯参加了其中几项,谦虚地和东道主同场竞技,显示出非凡的力量和令人惊叹的技艺。这让东道主对他越发敬爱,他们猜测他要么是一位神祇,要么是有神祇血缘的英雄。

国王阿尔喀诺俄斯为欢迎这位客人举行的隆重表演和露天演出持续了很多天,他对这位不凡的陌生人的好客之情似乎是不知疲倦的。在这期间,他一次都没有询问客人的身份,也没有试图强求他说出情愿说出来的之外的东西。直到有一天,他们围坐欢宴,宴会结束之后,人们依照习惯把得摩多科斯招来,请他歌唱一些重大事件,唱一唱奥德修斯在特洛伊城被焚烧的那天夜里的壮举,他是怎样在一场战斗中证明了自己的英勇的:他以一己之力对抗得伊福玻斯全家。这位杰出歌手充满激情地表演着,在他的描述下,奥德修斯的丰功伟绩仿佛被吹进了火一般的生命力,旧日的杀戮被他演得活灵活现,生命更显得无比甜美而富有激情,听众们都感觉到它正从身边溜走。没有人能阻止死亡的降临,而歌声却能将坟墓中的死人活生生地带回人们身边。连奥德修斯都对死在自己手下的人们起了恻隐之心,懊悔之意。在他的想象之中,他经历了死亡的些许可怕,他依然活着的身体也尝到了被他杀死的人受过的些许痛苦。在强烈的幻想,和无法对人言说的强烈感情之中,他眼眶里盛满了泪水。

这些都被国王阿尔喀诺俄斯看在了眼里。他注意到,这已经是客人第二次为特洛伊的事动容了。他趁机向客人问道,他是否在特洛伊之战失去了一位朋友或者亲属,而得摩多科斯的歌声唤醒了他对逝者的怀念。奥德修斯用袍子擦干泪水,发现众人的眼睛都望着他。他决定尽自己所能满足他们的好奇心,这也正是向他们坦白身份的好时机。他对众人说:

"你们对我礼遇备至,尤其是你高贵的女儿,哦,阿尔喀诺俄斯王,我不能再对你隐瞒我的身份了,因为你毫无保留的友谊唤起了我的敬爱,对你的任何隐瞒都会让我变成一个懦夫,或者忘恩负义的小人。现在你们会知道了,我就是那个奥德修斯,我知道你们听说过关于我的传闻,直到现在,他都以足智多谋而闻名。而在传闻中,如果传闻可信,特洛伊不只是因为全体希腊人的英勇战斗,而更多是靠着他的计策才会被攻打下来的。我就是那个不幸的人,天上的众神迁怒于我,谋划把我流放在大海上,四处漂流,寻找返回遥远故乡的路。我在寻找的地方名叫伊塔刻,在那儿的港口里,你们的船也许曾偶尔来避过风。如果你们曾经受过这种恩惠,现在就是回报的时候了,请把我,伊塔刻的国王送回那里。"

阿尔喀诺俄斯的众臣都为能亲眼见到特洛伊之战中的英雄之一而满怀仰慕之情。他们从史诗和歌曲中得知了他的丰功伟绩,但对事情却知之甚少,甚至把那些英雄的冒险当成了诗人的幻想和夸大。直到奥德修斯现身,并得到了证实,他们才开始相信那些句句属实,特洛伊的传说不仅引人入胜,还是真实发生过的。

阿尔喀诺俄斯王答道:"我们是受到了三重的祝福,才有幸和你这样的人相见,交谈,人们到处传诵着你的事迹,现在看来全部所言非虚。举世闻名的奥德修斯,虽然我们真心希望你一直留在我们身边——对我们来说,没有比这个更幸福了,既然你这么多次表示归乡心切,尽管这是一大损失,我们不能拒绝让你离开。你知道,我们的国家淮阿喀亚最善航海,世界各地只要有可以行船的海域,或者只要有让船通行的地方,都有我们的船只。你找不出一条它们不曾经过的海岸。他们知道暗藏在深海之中的每一块礁石和每一片流沙。它们开起来比鸟儿飞得还快,总是准确无误地抵达目的地,人们都说它们不需要领航人也不需要舵手,天生就会航行,自己寻找方向,懂得航海者的心思。你不用担心把自己托付给淮阿喀亚的海船。明天,如果你愿意,就能出发了。今天就和我们一起欢宴吧,神祇将你这样一位客人送来,我们做得再多也不嫌多。"

奥德修斯接受了阿尔喀诺俄斯王的慷慨帮助,两位高贵的人互相交换着客气的话语,公主瑙西卡的心被征服了:在他向众人说话的时候,她全神贯注地望着父亲的客人,当他说出自己是奥德修斯的时候,她赞美自己和自己的命运,她救了一个不幸的水手,他看上去不比那好多少,事实上却是向一位非凡的英雄表示了好意。她等不及让父亲把话说完,脸上带着愉悦的表情,她和他打了招呼,祝他愉快,再过不久,当他在她父亲的帮助之下回到家乡之后,一定要记着在加里西厄河边的树林里和他相遇,搭救了他生命的人是谁。

"淮阿喀亚美丽的鲜花啊,"他答道,"愿所有的神祇赐予我在那美好的一天里的欢乐的冲突,不管何时,只要我再次见到,我都会永远铭记着我欠你的情分。此刻我享受的生命是你用你美丽的手赐予的,并将伴着我踏上归乡之路。我祈祷神祇们赐给你一个与你般配的丈夫,瑙西卡,你们两人会成为这个王国的幸福之源。"奥德修斯祈祷道,回忆起公主的善举,他心中的敬爱和感激满得快要溢出来了。

然后,在国王的要求之下,他简略地叙述了一下他自从动身离开特洛伊之后的冒险经历。瑙西卡公主听得津津有味(女士们总是对这类旅行故事十分着迷),巨人波吕斐摩斯,莱斯特律戈涅斯的食人者,仙女喀耳刻,斯库拉,等等。她听得全神贯注,连呼吸都屏住了,当奥德修斯讲到旅途中一些非同寻常的悲伤的故事的时候,她美丽的眼睛里不时落下雨点般的眼泪。他所经历的艰难险阻,遭遇的种种折磨,以及非人力能敌的邪恶,都被这个坚忍不屈、近乎神祇的人凭着非凡的意志和不可战胜的勇气克服了。听了他亲口复

奥德修斯历险记 · 87

述,这些本来就怀着敬意接待这位客人的人们对他的崇敬更是增加了十倍。

奥德修斯还没讲完,黑夜就过去了。他满怀希望地举目望向东方,太阳正微微透出第一束红光。阿尔喀诺俄斯王答应他会在第二天为他准备一艘船,送他回伊塔刻。

清晨,一艘人手齐全,装饰停当的船已经在等着他了。国王和王后在船上装满了黄金白银制成的礼物,厚重的金盘,服装,盔甲以及种种昂贵罕见、他们认为客人会欣然收下的礼物。船扬起风帆,奥德修斯脸上带着感激的神情登船,向高贵的东道主和美丽的公主——第一个对他友好相待的人依依惜别。他还向淮阿喀亚的人们道别,他们蜂拥到海滩去看那位非凡的客人最后一眼,看升起了所有的帆的华丽海船在浪涛中上下腾跃,好比一匹以骑手为傲的骏马,好像知道坐在它宽敞的船舱中的是伟大的奥德修斯。

奥德修斯的一生都在忧心忡忡中度过,在海上,他被恶浪抛来掷去,在战场上,他被更为凶恶的敌人包围。他终于忘记了一切,无忧无虑地睡着了。只和死亡相差一点点的深沉的睡眠压住了他的眼睑,第二天早上,当船开到最近的伊塔刻港口的时候,他还在沉睡。水手们不愿把他叫醒,只把他轻轻抬下船，安置在了一棵橄榄树脚下的山洞里，让他在这个狭窄的地方有个安歇之处。除了被叫做那伊阿得斯的水泽神女，没有人涉足这里，因为航道狭窄，难以进港，在淮阿喀亚的海船之前几乎没有几艘船曾到过这里。把沉睡的奥德修斯留在那里，把礼物在他身边的隐蔽处藏好之后，水手们就动身返回淮阿喀亚了。但这些不幸的水手再也没能踏上祖国的土地。他们平安抵达目的地，正要向故乡的土地致意，城里的尖塔已经在望，他们的朋友们高声叫着，从港口欢迎他们返回，就在这时，那艘船连同上面的所有水手都被暴怒的海神变成了石头，在淮阿喀亚全城人眼前立住不动了。因为决意要毁灭奥德修斯，波塞冬恼恨着把奥德修斯送回家的淮阿喀亚人。从那时起，直到现在，淮阿喀亚人再也不把船只借给陌生人，或者搭载别国的人了。他们依然畏惧着海神的怒火，它可怕的象征一直伫立在他们眼前。

水手们离开了一段时间之后奥德修斯才醒来。也许他离开故乡太久了，也许是雅典娜在他眼前蒙上了一层云雾，好让他在恍然大悟的时候更加快乐（这一点更为可能），一开始他并没认出这里就是他的故乡。和所有刚刚睡醒的人一样，他睁开眼睛，发现自己在睡梦中被抬到了一个荒凉的小岛上,四下张望也认不出任何熟悉的东西。他乞怜地举起双手,抱怨那些人冷酷无情,假意许诺要把他送回家乡,结果却背信弃义地把他丢在这个陌生的地方,任由他自生自灭。但很快他的疑心就动摇了,因为他发现,阿尔喀诺俄斯王送给他的金银厚礼全都好端端地放在他身边,这可不像把无助的人扔在荒僻海岸、劫夺他们财富的宵小之辈的做法。

正当奥德修斯疑虑未消的时候,一位年轻的牧人走了过来。他的长袍非常漂亮,就算穿在一位亲自照顾羊群的王子身上也不显寒碜——在那个时代,王子们还不以牧羊为耻。那牧人向奥德修斯问好,奥德修斯也向他致意,并向他打听他刚刚踏上的这片土地是什么地方,是某块大陆的一部分,还是一个海岛。听了他的问话,年轻的牧人面露惊讶,土生土长的人们对自己的家乡了如指掌,结果总爱把不知道当地地名的人当成无知的傻子,或者未开化的野蛮人,而不知他们只是没有机会、或是远道而来才无缘得知。

"我本以为,"他开口说,"没有一个人不知道我们的国家。没错儿,这儿石头多,土地瘠薄,但也足够好了:我们的牛羊长得很好,既不缺少葡萄酒,也不缺少麦子;有丰沛的泉水,也有美丽的河流,树木也很充足,你一看便知——这块土地的名字是伊塔刻。"

意识到自己已经回家了,奥德修斯顿时喜不自胜,但他把欢喜之情十分谨慎地隐藏了起来,既没有说出自己的姓名,也没有透露自己的真实身份。他对牧人说,他是个外乡人,为了躲避坏天气才在这个港口靠岸。为了让自己的话更加真实可信,他甚至当场编造了一个故事,说他是坐着淮阿喀亚的船,从克里特来的。年轻牧人笑了,他伸出双手握住了奥德修斯的手,说:"要胜你一筹的人,自己也得非常狡诈才行。怎么,你已经安全了,为什么还不肯让你的诡计和谋略歇一歇?为什么一开口就用谎话向你的故土致意,还以为不会被人知晓?"

奥德修斯定睛一看,牧人不见了,取而代之的是一位美丽的女子。他马上认出那是自特洛伊之战就数次降临在他面前,并在漫长的漂流中陪伴他、暗中救助他的智慧女神雅典娜。

"但愿我的无知没有冒犯到你,伟大的雅典娜,"奥德修斯叫道,"或让你不悦了,但我知道你没有不悦,因为你还是在我眼前现身了。凡人是极难认出一位神祇的,这种能力既不能凭智慧,也不能靠学识获得,只有蒙你垂青的人才能看透你的种种化身。在一百个人眼中你有一百种模样,而所有的人都认为他们认识并拥有你,因为你便是智慧,但他们总把虚假的智慧误认为是你,许多人自以为目睹过你的真容,却不知你只在少数人面前现身——那些热爱你胜于一切,被你的智慧之光点化才认识你的人。在攻打特洛伊的战场上,我曾经多次有幸与你相见,但在那之后,我一直盲目地四处漂泊,误入歧途;我渴慕着你,但能依靠的只有自己的头脑。直到现在,我才又一次见到了你。"

雅典娜把奥德修斯的眼睛变得清亮了,他认出了自己脚下的土地的确是伊塔刻,那个山洞自古就是伊塔刻人献给水泽神女们的圣地,他本人曾在此向她们献祭过一千次;前方在望的是奈律忒斯山,山上生满属于他的森林。现在奥德修斯完全确定自己已经回到了故乡,这份喜悦令他不能自已,他躬下身,亲吻土地。

第 八 章

国王变成乞丐。——欧迈俄斯与养猪人。——忒勒玛科斯。

雅典娜没让奥德修斯长久地沉溺在狂喜之中,她向他简略地述说了这些年来伊塔刻发生的事情,让他知道返回妻子和王位的路并不是那么平坦的,他得克服几道难关才能拿回属于他的东西。没了国王,奥德修斯的宫殿被一群粗野无礼之徒占据了,里面有伊塔刻当地的贵族子弟,也有邻近诸岛的贵族,他们认定奥德修斯已经客死他乡,于是纷纷来向王后珀涅罗珀求婚。王后一直未嫁,但处境不比囚徒好多少,因为那些人假装要等待她做决定,占据了奥德修斯的家产,好像他们不是客人,反倒成了主人一样,篡夺屋子,大吃大喝,恣意取乐,挥霍奥德修斯的财富。不仅如此,女神还告诉他,顾及到这群恶徒可能加害奥德修斯的儿子忒勒玛科斯,她将一个念头吹进了那年轻王子心里,让他亲自到远方国度去寻找父亲;她还化成门忒斯的模样,陪伴他度过了漫长的旅程。这次努力和雅典娜计划的一样,在抵达第一个国家之后就无功而返,但依然是有意义的,因为这次艰苦的经历让忒勒玛科斯学会了坚忍,增长了智慧;他脚步所到之处,人们都记住了他的非凡作为,奥德修斯之子的美名四处流传。前不久忒勒玛科斯回到了岛上,他母亲喜出望外,她已经开始哀悼他了,就像哀悼丈夫奥德修斯一样——王子外出太久,她以为他已经丧命了。其实这一切都是雅典娜的安排,她策划了忒勒玛科斯的冒险,让他和奥德修斯差不多同时返乡,这样他们就能一起想办法制服那群有权有势又蛮横无理的求婚者。女神把这些告诉了奥德修斯,但没有对忒勒玛科斯一路上的奇异经历加以详述——他曾到过他父亲曾逗留的无忧岛,并被扣押多时,也见过了卡吕普索和她的水泽神女们。雅典娜故意缄口不言,因为她认为这些经历应该等到一切都尘埃落定,他们都平安无事,再也没有敌人能危害他们

奥德修斯历险记 . 95

的时候，由儿子亲口说出来，显然，这样会给奥德修斯带来更大的欢乐。

女神和奥德修斯在一棵野橄榄树下坐了下来，商议着怎样才能安全地夺回家产。敌人人多势众，自己却是势单力薄，这个念头在奥德修斯脑中转个不停，他沮丧了起来，说道："我会死得像阿伽门农一样悲惨，我会和那位不幸的国王一样，被妻子的一位求婚者杀死在自己家的门槛前。"但很快一股勇气又涌上了他的心头，他暗自祈求雅典娜给予他鼓舞，就像特洛伊之战时一样，让他能一次对抗三百个蛮横无理的求婚者，让他们的血和脑浆涂满他美丽宫殿的台阶。

雅典娜知道他的心思，说道："我会站在你这一边，给你帮助，只要你肯扮演好自己的角色。作为我和你之间的暗号，也是我答应践行诺言、你也会对我言听计从的象征，我必须让你改头换面，好让你的人认不出你。"

奥德修斯俯首接受女神的变形，雅典娜用神力把他变成了一个谁也不认识的人。她把他的外表变得很老，但他的肢体和步态仍带着他年轻时显赫一时的风度，他强大的力量也有部分保留了下来。并且，她脱去了阿尔喀诺俄斯王送给他的华美长袍，给他穿上又旧又烂，和流浪乞丐毫无分别的破布衣,往他手里放了一根拐棍,背上背个破口袋,和乞丐到有钱人门前乞讨时装残羹剩饭用的那种相仿。就这样,奥德修斯从国王变成了乞丐,和忒瑞西阿斯在阴间的预言分毫不差。

为了让他彻底变得卑微,同时也是通过受难表达对女神的敬服,雅典娜让奥德修斯以这副模样去找为他放牧猪牛的欧迈俄斯。奥德修斯远离家乡的这些年里,老牧人一直忠心地看护着他的财产。女神严令奥德修斯不得向他儿子以外的任何人表明身份,许诺会在时机适合的时候把他的儿子派去找他,然后就离开了。

外貌大变的奥德修斯拐了个弯,来到牧人的小屋前。为了看护牛群,欧迈俄斯养了几只凶猛的狗,那些狗很厌恶乞丐,奥德修斯从前院走进去的时候,它们张着大嘴向他猛扑过去。奥德修斯及时丢掉了激怒它们的拐棍才没被它们的利齿撕成碎片,但还是被莽撞地扑倒在地上。牧人听到狗叫,从屋子里走了出来。幸亏他大声呵斥、扔石头把狗群喝住,奥德修斯才得以脱身,没受太严重的伤。

牧人看到奥德修斯,说道:"哦,老人家,你差一点就被狗撕碎了!要是因为我的疏忽而让你受了苦,我这辈子都不能原谅自己啦。老天给了我太多要操心的事,在哪件事上少了几分小心大概也能得到原谅吧。我躺在这儿为我远在他乡的主人悲痛、哀悼,可还得养肥了他的猪和牛,好去给那帮痛恨着他,巴不得他死在外面的人做酒食,而主人自己说不定还在四处流浪,食不果腹,如果他还在人世(这也是个问题呢),在这明媚的阳光底下。"牧人说着,一点没有疑心眼前的人是谁,也不知这般卑微的乞丐打扮下隐藏的是他的主人奥德修斯。

牧人把来客领进屋里,在他面前摆上肉和酒。奥德修斯说:"你的好言和好客之举会得到宙斯和众神的报答的!"

欧迈俄斯答道:"可怜的老人家,要是有比你更穷困的人到了这里,而我无法尽我所能好好招待他,我会觉得羞愧的。把这些可怜的、无家可归的人送来,让我们照料的,正是宙斯本人呀。但我们只是别人的仆人,能给你的也只有怜悯而已。其实这儿曾有一位主人,但神祇们没有关照他,送他回来。如果他一直平安无事地留在这里,终老一生,他会非常仁慈地对待我和我的人的。但他不在了,愿神祇们为此惩罚海伦的后代,让他们和海伦本人一起死去,都怪她引起事端,害得这么多英雄都送了命!这些食物都是给你的,敞开吃

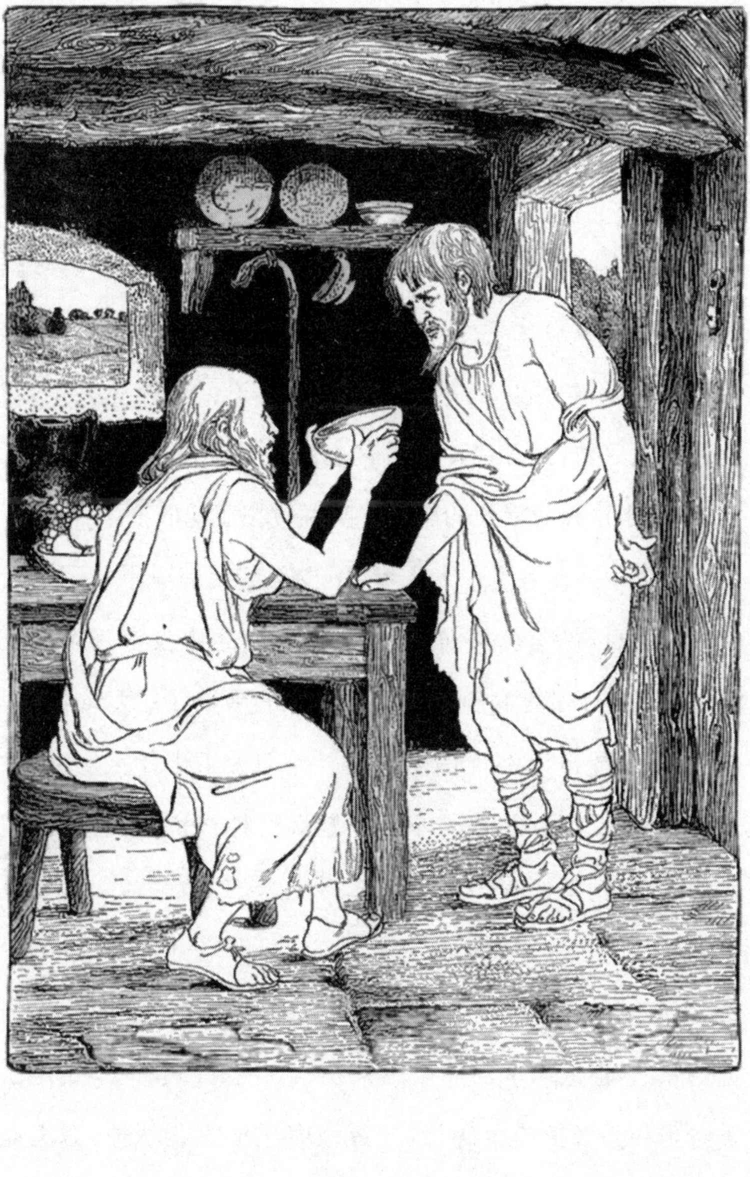

吧，不要客气——这么瘦的猪只配给牧人吃，最肥的牲畜都被那群贪得无厌的求婚者吃掉了。不知羞耻的败类呀！他们没有哪天不宰上两三头最好的牲口，供他们在宴席上大吃大喝的。"

奥德修斯一边吃肉，一边仔细听着他的每一个字。听到他肥壮的牛被宰杀，满足那群无法无天的求婚者的口腹之欲的时候，他不禁用牙齿撕咬着肉。他说道："你的主人是谁？让你这么尊敬，并且在特洛伊丧生的人是谁？我对此一无所知，但说不定在我漫长的旅行中听说过关于他的事。"

欧迈俄斯回答说："老人家，不少来到我们海岸的陌生人都带来消息，说奥德修斯还活着，但他们之中没有一个从王后和她的儿子那儿讨到好处。那些旅行者为了一身衣服、一餐饭，可是什么谎都扯得出来的。他们说不出什么实话，除了谎言，王后也什么都得不到。她渴切地接待他们，听他们讲的故事，向他们提出种种她想得出来的问题，结果只有眼泪和失望。但是，以神祇之名，老人家，要是你也有故事要讲，就好好地讲出来吧，也许有人会施舍一件长袍或上衣给你御寒的，但故事里的那位主人公——他的四肢说不定早已被野狗和秃鹰扯成了碎片，或者被海里的大鱼吞掉，海里的沙子就是盖在他尸骨上的纪念碑了。但我为他流的眼泪超过了为任何人流的,我再也不会有一位这么高贵、仁慈的主人了,就好比我的父母亲不会走出坟墓回来看望我,我的眼睛没有那种运气看他活着回来了。就算他死了,我的灵魂依然敬爱着他。我不是为了阿谀奉承才这样提到他,而是出于他对我这样一个穷人的关心、照料的感激,要是我确知他不在这太阳下的任何一条海岸,我就当他已经成为众神的一员了。"

听了欧迈俄斯的话,奥德修斯含着眼泪说:"我的朋友,一口咬定奥德修斯已死,这实在不能让人信服。我可以说——这绝不是信口胡诌,而是像起誓一样庄严——奥德修斯一定会回来的。到他回来的那天,你可得送我一件长袍和一件上衣,但在那一天到来之前,我宁可赤身裸体,也不会接受任何东西,哪怕一根线,因为人迫于穷困而说出的谎言,比地狱之门更让我憎恨呀。愿宙斯做我的见证,在一年之内,不,在这个月过去之前,你一定能再见到奥德修斯,他会回到自己的宫殿里,在那里惩处那些欺侮他妻儿的恶人。"

为了让自己的话更真实可信,他编造了一段异国身世,讲给欧迈俄斯听。他假说自己出生在克里特,曾随伊多墨纽斯参加过特洛伊之战。他还说他见过奥德修斯,并编造出许多他和奥德修斯之间的故事。话虽如此,奥德修斯并不完全是在扯谎,其中一半确有其事,只不过是发生在他和其他人之间的;另一半几乎能以假乱真,因为它们十分符合奥德修斯的性格和做法。欧迈俄斯非常吃惊。奥德修斯声称,前不久他曾在忒斯普洛托斯人那里做客,忒斯普洛托斯的王子告诉他,奥德修斯刚刚离开那里,去多多那寻求宙斯的神谕,不久之后就会回来。到那时,忒斯普洛托斯人会慷慨地准备一条船,送他回故乡伊塔刻。"为了证明我说的都是实话,"奥德修斯说,"要是你们的国王没有在我说的时间之内回来,你可以吩咐你的仆人们把我这把老骨头抬到高高的岩石上,头朝下丢到海里去。那些穷人看了我的下场,就不敢再撒谎骗人了。"但欧迈俄斯回答说那样做无法让他满足或高兴。

他们长谈的时候,晚饭做好并送了上来,牧人的仆人们在外面劳动了一整天,纷纷回来吃晚饭。他们在火旁坐下,好驱散夜间的寒冷。晚饭后,奥德修斯酒足饭饱,牧人的好心鼓舞让他振奋起来,他求牧人给他一条暖和的毯子或布片,好让他盖着过夜,为此,他愿意给他们讲一个精彩的故事。奥德修斯愉快地斟满一杯希腊美酒,讲道:"我要讲一个关于你们的国王奥德修斯和我的故事。人只有在喝多了的时候才能讲关于自己的故事。烈酒能让愚蠢的人脑袋灵光,让聪明人感动,让他跳起舞,唱起歌来,好教人们愉快地大笑。有时他也会说出一些本应缄口不说的话来。当心扉打开的时候,人就管不住舌头啦。好好听吧,有一次,我们带领着我们的军队埋伏在特洛伊城城下。"

牧人们围成一团,急切地想听一听国王奥德修斯和特洛伊的故事。奥德修斯继续说道:

"我记得那次是奥德修斯和墨涅拉俄斯领头,他们很愉快地接受了我,和他们一起指挥。我那时在军队里小有威望,虽然,也许你们猜得出,在那之后命运就不再眷顾于我了。但我那时确是一位豪杰,立下过丰功伟绩。那天晚上非常寒冷,风像刀刃一样刺人,雨滴冻结在盾牌上,像水晶一样。围着特洛伊的护城河里长满了芦苇,我们之中有二十几个人一个挨一个地蜷缩在芦苇丛中,剩下的人轮流站岗。每个人都细心地在盔甲外面罩了一件斗篷或外套来御寒,而我不巧没带上自己的,因为没有料到那天晚上会那么寒冷。但我更相信是为了这个原因:我是个战士,有身为战士的缺点,那就是虚荣。那天我穿了一身漂亮的新盔甲,不想用斗篷把它遮盖起来。作为鲁莽的代价，我吃了不少苦头。那天夜里非常寒冷，我们躺的沟渠又很潮湿，几乎把我冻了个半死。我再也忍不住，轻轻推了推躺在我旁边，耳朵灵敏的奥德修斯，把我的情况说给他听，告诉他我快冻死了。他低声回答说："嘘，别让任何一个希腊人听到你的话，他们会觉得你很软弱。"他只说了这一句，显得丝毫不顾我的死活。就算在那种时候他也是勇敢而又考虑周详的，他单手支头，思考着让我摆脱困境、又不让我的弱点暴露在士兵面前的方法。最后，他抬起头，装作刚睡醒了的样子，说："朋友们，有位神祇在梦中提醒我，让我派人去阿伽门农的舰队补充给养和兵力，因为凭我们现在的人数是无法完成这次任务的。"他们都相信了，一个叫托阿斯的人被派去做这件事，为了跑得更快，他留下了自己暖和的上衣，就像奥德修斯预见到的一样，正好留给我穿。我就靠着这件上衣熬过了那一夜。奥德修斯靠机智救了一个人的急，要是我的身体现在还像那时一样，强壮得足以在奥德修斯手下担任首领就好了，这样我就不用求你施舍一件外套或斗篷，好裹着我这把老骨头抵御夜间的冷风了。"这个故事让牧人们很高兴，欧迈俄斯尤为满足，他不介意奥德修斯的话是真是假，说单凭这个故事，他就应该得到一件斗篷和一个过夜的地方。欧迈俄斯用山羊和绵羊的皮在炉边铺了张床，依照雅典娜的意志乔装成乞丐的奥德修斯就这样在简陋的屋子里躺下入睡。

早晨到来的时候，奥德修斯提出要走，做出不想再利用东道主的好客之情给他多添麻烦的样子。但他想尝试一下城里人的仁慈之心，看看他们是否愿意施舍他一口面包、一杯饮料。也许王后的求婚者们（他说）在享用过酒宴之后，会赏他一些残羹冷炙，他可以在席前伺候，做个机灵的上菜人，如果需要的话，他也能搬木头（他说）生火，准备烤肉和炖肉，用葡萄酒和水调制饮料，以及所有他这样的穷汉在大贵族之家能做的工作。

"啊呀，可怜的客人，"欧迈俄斯说，"你不知道你在说什么！你这样的老人在求婚者的宴席上能做什么？那群轻浮的家伙才不要老迈的侍从呢，给他们斟酒端盘的都是盛装华服、衣袂飘飘的卷发少年，像宙斯的持杯侍者一样。他们贪吃又傲慢，只会蔑视、嘲笑你的年纪。留下吧。也许王后，或者忒勒玛科斯听说你来，会召见你，赏赐你的。"

牧人说着，一阵穿过前院的脚步声传到他们耳朵里，还有狗讨好地嗥叫、欢跳的声音，欧迈俄斯猜测是王子忒勒玛科斯听说有个外乡人来到了欧迈俄斯的小屋，带来了他父亲的消息，于是前来了解实情了。欧迈俄斯说："是忒勒玛科斯，国王奥德修斯的儿子的脚步声。"话音未落，王子已经来到门口。奥德修斯站起来迎接他，忒勒玛科斯不忍让年迈的人站起来向自己行礼，谦恭地握住他的手，向他低下了头，就像知道这位老人就是他的父亲一样。奥德修斯用手遮住眼睛，不让忒勒玛科斯看到他眼中的泪水。忒勒玛科斯说："你就是那位带来我父王消息的老人吗？"

"他吹嘘说自己是克里特人，"欧迈俄斯说，"还说他当过兵，四处游历过，但除了他自己，没人知道那些话是真是假。但不管他以前做过什么，他现在的状况是一目了然的。我把他原原本本地交给你，你想拿他怎么办就怎么办吧，照他之前讲的大话来看，在所有请求赏赐的人里面，他是最出色的一个。"

"我不想追究他的身份，"忒勒玛科斯说，"把他交给我吧，但我不知道该把他安置在哪里，以他的年纪，在宫殿里他躲不过那些轻浮的求婚者的鄙薄和轻视，能不挨打就不错了，因为那是一群恶棍，除了虐待和暴行什么都不会。"

奥德修斯回答说："因为任何一个人都能自由地在你面前说话，我得说，听了你的话，我心中充满恶狼般撕咬、吞噬的冲动——本应由你独自执掌的地方，竟落到了这些求婚者不义的暴行之中。这究竟是因为什么？是你心甘情愿由他们胡来，还是人民痛恨你的统治了？或者你错待了亲人和朋友，以至他们都不肯帮助你？危急时刻正是要信赖族人的时候。"

忒勒玛科斯答道："奥德修斯没有多少亲人。没有兄弟协助我渡过难关，但求婚者们人多势众。上天赐予古老的阿尔瑟西乌斯家族代代单传的命运，从古到今都是这样。阿尔瑟西乌斯只有拉俄忒斯一个儿子，拉俄忒斯的继承人也只有奥德修斯。奥德修斯也只生下我这一个儿子，并且在我很小的时候就离开了，从没从我身上得到什么慰藉。但这一切都是神祇的旨意。"

然后欧迈俄斯和他们告辞，去照看畜群了，雅典娜变成一位女子，站在门口，奥德修斯看得见她，忒勒玛科斯却看不见，因为神祇的模样只有得到他们允许的人才看得见。当然，那些狗也看到了雅典娜，但它们吓得一声都不敢叫，蜷成一团舔舐尘土。女神示意奥德修斯，向儿子表明身份的时机已到，然后运用神力把他变回原来的样子；忒勒玛科斯虽目睹了变化，但对变化怎样发生一无所知，他只看到一个衰老疲惫的乞丐变成了一位正值盛年的国王。忒勒玛科斯惊呆了,满心畏惧,说道:"某位神祇光临了这间屋子,"他不敢直视,要跪拜他。但奥德修斯没有让他跪拜,而是说:"仔细看看我,我不是神祇,为什么要把我当做神祇呢?我是你的父亲,一个不称职的父亲。我是奥德修斯,都是因为我的远离,使你的幼年遭受了那些无赖之人的虐待。"他亲吻儿子,一直强忍着的泪水潸然而下,像开闸的河流一般淌到儿子温热的脸颊上。但热切的话语并没有说服忒勒玛科斯,让他相信这就是他的父亲,他说某位神祇故意变成这样好戏耍他,因为他认定,没有一个吃凡间食物的凡人有力量瞬间返老还童,因为,"就在刚才,"他说,"你还满脸皱纹,衰老不堪,而你现在看上去就像画像里的神祇一样。"做父亲的回答说:"敬爱我吧,但不要惧怕我,我确实是你的父亲,靠着智慧和父爱那看不见的、内在的力量,引起了我外形的呼应、变化!回到这里的奥德修斯只有一个。阔别二十年,我终于回来了,我尝尽世间艰险,但在看到故乡的第一眼,就痊愈了。最初我在你眼中之所以是那个样子,是出于雅典娜的意旨,是她让我们父子相见。她能让她喜爱的人团聚,也能让他们分开,这一切都由她的意志决定。有时候她让她喜爱的人们阴云罩顶,穷困潦倒,而后又给他们穿上衣袍。对神祇来说,操纵凡

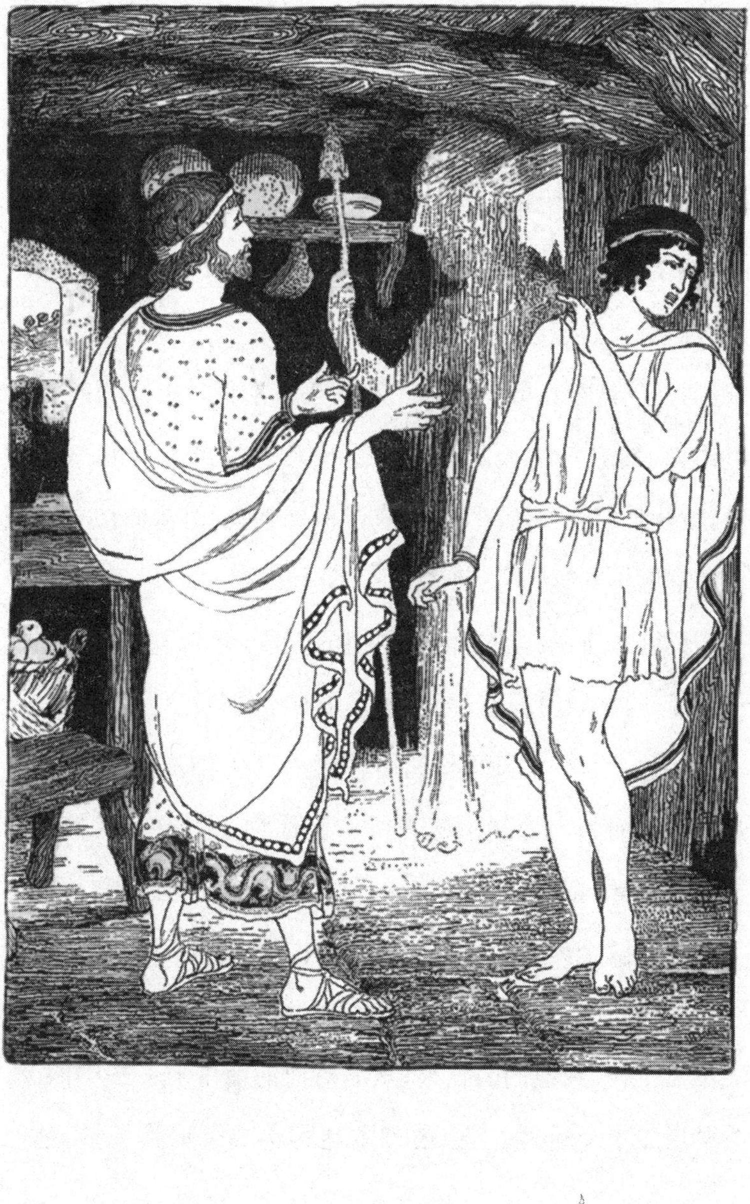

人的兴衰荣辱是易如反掌的事。"

忒勒玛科斯按捺不住,终于彻底相信了。一开始,因为过于欢喜,他反而不敢相信站在眼前的真是自己的父亲。他们拥抱在一起,眼泪交流。

然后奥德修斯说:"告诉我求婚者都是谁,人数有多少,你母后对他们态度如何?"

"她仍然在让他们等待,"忒勒玛科斯说,"但从没打算履行诺言,答应任何人的求婚。她担心直接拒绝会惹怒求婚者,就让他们怀着希望,一天一天拖延下去;而他们白白在我们的宫殿里吃喝作乐,于是也不怀异议。"

奥德修斯说:"通过估计他们的人数,就能了解我们彼此的力量,这样就算只有你我两个,也有希望打败他们。"

"哦,父亲,"忒勒玛科斯回答说,"我经常听人讲起,你以足智多谋而闻名,并且臂力过人,但你刚才一番大胆的话却更让我惊异、震动,因为没有一个有智谋的,或者心志正常的人会想凭两个人的力量挑战一群人。那群求婚者可不止五个十个或二十个,而是远远超过这个数目:从杜里其翁来了五十二个,带着他们的仆人;从海对面的萨墨来了二十四个;查契斯二十个;再加上伊塔刻本地的十二个贵族子弟,他们也妄想把珀涅罗珀王后的卧榻和王冠占为己有。他们都待在宫殿那坚固的房顶之下——对比我们两个,这是个多么可怕的数目呀!父亲,你伟大的心灵渴望品尝复仇的滋味,但我们需要小心谨慎,否则喝下的会是一杯苦酒。我们该想想,是否有人可以协助我们完成这件大事。"

"不错,"奥德修斯说,"如果雅典娜和天空之父宙斯站在我们这一边,我们就会强大无比,这样我们还需要其他人的帮助吗?"

"你说到的那两位都是神祇,"忒勒玛科斯说,"他们的力量不仅远远超过凡人,在众神之中也有极大的影响力。"

奥德修斯让儿子到求婚者们中间去,嘱咐他不要把秘密告诉任何人,包括他的母亲,但他要做好准备,把武器和盔甲预备好。奥德修斯告诉儿子,不久之后他会跟在他后面到宫殿去,以一副乞丐模样出现在求婚者们面前。不管他们用怎样的污言秽语迎接他,就算他们殴打他,拉着他的脚踝拖他拽他,不管看到多么让他心痛的事,他都不能被激怒、和他们作对,最多只能用温和的言语表示抗议,直到雅典娜降下预兆,宣示他们的灭亡。忒勒玛科斯保证会照他的话做,走了;奥德修斯变回了卑微落魄的乞丐模样。

第 九 章

王后的求婚者。——乞丐的争斗。——取下的盔甲。——与珀涅罗珀相会。

乔装改扮的乞丐拄着棍子离开欧迈俄斯的小屋,走到宫殿前,走进求婚者们吃喝的大厅里。傲慢的求婚者们吃饱喝足,心情轻松,正打算找点乐子,就在这时奥德修斯走了进来,看上去又穷又老。奥德修斯已经料到了求婚者的丑态,对他们的举动无动于衷,就像整个变成了他伪装的人一样,他低声下气地一一向求婚者乞讨,他的动作非常自然,跟真的乞丐一模一样,好像他已经当了一辈子的乞丐。然而,就算再悲惨的姿势,也都有一种尊严,看到他的人都会说,如果

奥德修斯历险记 . 113

蒙上天恩宠,让他生来就是国王,他坐在王座上也会有足够的风度。有些求婚者可怜他,给了他一点施舍,但大多数人都斥骂他,想把他当做不速之客赶走,因为他可怜巴巴的模样毁了这场欢宴,虽然他们对他毫无怜悯,也不想施舍他什么,他的存在本身就让他们的心情变坏了:再冷酷的心都不能不为自然的造化而动容。

忒勒玛科斯和求婚者们坐在一起吃喝,他知道一副乞丐打扮、四处求人施舍的就是他的父亲,伊塔刻的国王。当奥德修斯挨个见过所有求婚者,来到他面前的时候,他把自己盘子里的肉拿给他吃,让他用自己的杯子喝酒。见王子对这么一个可怜的乞丐礼遇备至,求婚者们都很不悦。

最有威望的求婚者之一,大贵族安提诺俄斯说:"忒勒玛科斯王子的不当行为让这些乞丐越发嚣张了。这些人到处游荡,吹嘘自己曾显赫一时,在愿意倾听的人耳朵里灌满谎言,甚至胆大妄为地跑到国王的宫殿里。此人就是这么一个流浪的莽汉,招摇撞骗的埃及人。"

"我发现,"奥德修斯回答说,"你们不愿向穷人施舍一丁半点;就算他自己带了肉,你们也不会给他哪怕一点盐。"

被一个乞丐打扮的人讽刺,安提诺俄斯勃然大怒,抡起一个凳子，打在奥德修斯肩颈之间。奥德修斯不动声色，只默默在心中祈祷他们不久之后就会大难临头，然后他走到走廊上，坐下来吃他乞讨来的东西。他说："人会为了生命或财产而战斗，这个人却为了口腹之欲而打人。要是还有神祇保佑我这个穷苦人，就让安提诺俄斯永远等不到成为王后丈夫的一天吧。"

安提诺俄斯怒不可遏，威胁说只要他敢再说一个字，他就会拽着他的脚踝把他拖出去，让他那身破布衣缠到脑袋上。

然而其他求婚者对他的威胁之词并不赞同，也不支持他打人的行为。有人说："有谁知道那不是一个乔装打扮的神祇呢？因为神祇曾多次变成贫穷的朝圣者，去测试人心，看他们是慈善还是不敬。"这一切忒勒玛科斯都看得清清楚楚，他记着父亲的嘱咐，一直隐而不发，但也在暗暗等待雅典娜降下预兆。

那天跟在奥德修斯后面来到王宫的还有一个普通的乞丐，名叫伊洛斯，身材魁梧，却没有一点勇武精神。他以前就常向求婚者们乞讨，而后者也把看他吃喝当成了惯常的余兴节目，因为那乞丐的食量足足抵得上六个人。为了表现一番,讨好求婚者,尤其是安提诺俄斯,伊洛斯开始恶语辱骂奥德修斯,并要求他用拳头和自己打上一架。但奥德修斯认为他的行为只是出于对乞丐同行的嫉妒,温和地请他不要找自己的麻烦,像自己一样安安静静地享用东道主慷慨施舍的酒食,提醒他东道主慷慨好客,所有人都能填饱肚子。

但伊洛斯认为奥德修斯的克制是出于胆怯,他大吼大叫,非要和他打一场不可。此时,求婚者们也注意到了两个乞丐的争吵,他们嬉笑呼喊,给他们的争执火上浇油。安提诺俄斯趁机以所有神祇之名赌咒,说他们俩一定要比试一回,还必须在这个大厅中。其他求婚者们发出粗暴的欢呼声,纷纷表示同意,他们站成一圈,把两个竞技者围在中间,又抬上一头肥羊作为获胜者的奖品,就像奥林匹克或皮提亚运动会上一样。奥德修斯见事情已经无法挽回,也觉得让那些求婚者在亲身体会自己的力量之前先看看厉害也好,他脱掉衣服,做好了格斗的准备。但一开始他要求要公平竞赛,观众中任何人都不可对他的敌人施以援手,或者对他本人动手,因为他年纪大了,以他们的力气,很容易就会弄断他的老骨头。忒勒玛科斯保证说比赛不会有任何不公,双方都仅凭各自的力量。说完,他让安提诺俄斯和其他求婚者都发了誓。

奥德修斯把衣服放到一边,袒露出上半身,观众纷纷赞叹不已:他肩膀极宽,形状健美而又异常洁白,胸部肌肉虬结,似乎还保留着与年龄不符的青春活力。他们说,他的四肢多么健壮,肌肉多么发达!大块头乞丐胆怯了,那些恫吓、吹牛的话全都被抛到了九霄云外。他想逃走,但被安提诺俄斯拦住了。安提诺俄斯威胁他说,如果他不肯和奥德修斯比试,他就把他押上船,送到厄喀额图斯王统治的地方去。厄喀额图斯王是当时世界上最残忍的暴君,十分憎恶他这样的乞丐,只要他们一在那儿上岸,马上就会被割掉鼻子和耳朵,然后丢给恶狗,任其撕咬。伊洛斯对厄喀额图斯的恐惧压倒了对奥德修斯的惧怕,答应和他比试。奥德修斯先是被身份微贱的人卷入一场令人厌恶的争吵中,接下来又要忍受更长时间的羞辱,在仇敌面前表演格斗,为他们提供娱乐,此时已经怒火中烧。他一拳打在伊洛斯耳朵下面,打碎了那个胆小鬼的牙齿和下颚,让他瘫倒在尘土里,既没胆量、也没能力继续比试下去了。奥德修斯把那流血的可怜虫扶起来,把他领到门口,把他的棍子放回他手里,叫他尽管去向猪狗发号施令,但不可再把自己当成宾客中的王者了——他连乞丐的王者都不是。

奥德修斯历险记 · 117

虚荣的求婚者们为比赛的结果热烈鼓掌,他们尽情嘲笑着可怜的伊洛斯,决定把他弄到船上,送到厄喀额图斯王那里去。他们管他叫无趣的废物,感谢奥德修斯把他赶走了,但在内心深处他们根本不在乎他们两个究竟谁输谁赢,他们只是想看乞丐斗殴,从中取乐而已。一天就这样在消遣和娱乐中慢慢过去了。

夜晚到来的时候,求婚者们开始欣赏音乐和舞蹈。奥德修斯靠在一根柱子上,柱子上挂着几盏灯,照着舞者。奥德修斯装着在看舞蹈,脑子里想的却是完全不同的事。他站得离灯很近,光照在他毛发稀薄的脑袋上,分明是一个老人的头。欧律马科斯,求婚者之一借着之前提到的几句话,嘲笑地说:"现在我知道了,这副又穷又老的皮囊里确实藏着一位神祇,因为他站在灯下的时候,光溜溜的脑袋反射着光线,跟圣光一样。"另一个求婚者说:"他过日子的方式和神祇们也没有什么不同,不劳动,专靠别人供奉。""我敢保证,"欧律马科斯说,"即使有人愿意雇他到果园工作,他也不会为了生计而修篱笆、挖水沟的。"

"但愿我能有这个机会,"奥德修斯回答说,"和说出这样的话的你一起接受试验,用哪种活计都行。拿两把弯如新月,锋利又结实的大镰刀,分别交到你我手中,然后把我们带到长得最高的草地,从大清早开始,一直收割到太阳下山,在这期间什么都不能吃;或者让我们两个各自去翻耕四英亩土地,看谁的犁沟更笔直平整;我们还可以比摔跤,要么一人拿一杆镶了上好钢尖的标枪,瞄准彼此的头盔,看谁的突刺更有力,插得更深。这一切我都会做得漂漂亮亮,让你无法污蔑我,说我干活怠懒。你不该用这番话来侮辱我,你本可省省力气,等着这座宫殿的真正主人回来。奥德修斯很快就会回来,并且,一旦回来,他就要动手夺回属于他的东西了。"

这番话让求婚者们非常难堪,因为他们最怕的就是奥德修斯回来。恐惧的阴影突然笼罩在他们心头,他们似乎感觉到奥德修斯就站在他们之间,只是相貌变了,他们都认不出来。欧律马科斯怒不可遏,他从旁边桌上抓起一个厚重的杯子就往乔装改扮的乞丐头上砸,并且差一点就要砸中了。求婚者们纷纷站起来要把乞丐赶出大厅,因为他褴褛的外表和无礼的举动是对他们的侮辱。忒勒玛科斯高声要求他们宽容一些,不要仗势欺侮这样一个不幸的人,并且他已经答应为他提供保护。忒勒玛科斯问他们是不是发疯了,竟然要在他的宴席上大吵大闹。他可以让他们自由地取用酒肉,由着他们各自的性子或坐或卧,因为这是他允许的,但他们为什么要让区区一个乞丐的几句话惹得大动肝火,败坏他的盛宴呢?

听了他的话,求婚者们咬着嘴唇,发出愤愤的冷哼,因为他们竟被一个年轻人教训了。不过他们终究还是克制住,可能是出于羞惭,也可能是雅典娜让他们从奥德修斯之子身上感受到了一丝敬畏。

那天的宴席平安无事地结束了,求婚者们玩累了,各自回房休息,留下来的只有奥德修斯和忒勒玛科斯。忒勒玛科斯依照父亲的吩咐从军械库取出盔甲和标枪,因为奥德修斯告诉他:"明天我们会用得着这些东西。"他还说,"要是有人问你为什么要取这些东西出来,就说你要把它们擦洗干净,因为它们的主人去特洛伊去得太久,它们都生锈了。"忒勒玛科斯站在盔甲旁,灯全都熄灭了,四下漆黑一片,那盔甲却像火焰一样闪闪发光。忒勒玛科斯对父亲说:"房屋的柱子着火了。"奥德修斯却说:"只有坐在群星之上的神祇有力量让黑夜亮如白昼。"他把这件事当做一个吉兆,忒勒玛科斯开始动手清洗枪尖,让它更加锋利。

此时奥德修斯虽然已经回来,但还一次都没和妻子珀涅

奥德修斯历险记 . 121

罗珀见面,因为王后不想和求婚者们同席吃喝。因为被人当做奥德修斯的寡妻,她深居不出,整日待在内室,和她的侍女们一起纺线,制作精美的女红,只在重大的日子才出来和求婚者见面。奥德修斯十分盼望与阔别二十年的妻子见面,他悄悄地潜入他那华美的宫殿里,穿过那些他熟知的走廊,然后,他在一个雄伟的柱廊中和提着灯、送珀涅罗珀回寝室去的侍女们相遇了。看到奥德修斯,侍女们说:"那是今天到宫殿里来的乞丐,大厅里的那番吵闹都是他惹起来的。他怎么跑到这儿来了?"珀涅罗珀叫她们把他带上前来,说:"也许他曾经四处游历,听说过奥德修斯的事情。"

听到王后的话,奥德修斯由衷地感到快乐,因为她不曾忘了自己,她的爱也没有被长久的分别消磨。他站在妻子面前,对方对他的真实身份一无所知,只知他是个穷困的游历者。珀涅罗珀问他是哪一国的人。

他告诉她(就像之前对欧迈俄斯说的一样)他出生在克里特,虽然现在看起来穷困潦倒,靠乞讨果腹。但以前的地位并不比米诺斯王的兄弟伊多墨纽斯低,拥有的财富也足够招待奥德修斯这样的大英雄。他说奥德修斯离开特洛伊之后,因为天气的缘故停泊在了克里特岛的一个港口,他款待了奥德修斯十二天,对他极尽宾主之礼。他描述了奥德修斯当时穿的长袍的样子,而那件衣服是珀涅罗珀曾经见丈夫穿过的。

奥德修斯用这个办法告诉了妻子不少关于自己的故事,大部分都是编造的,但个个活灵活现。泪水从珀涅罗珀美丽的脸上滚滚流下,她想着被认定已经亡故的奥德修斯,为她日思夜想却无处可寻的丈夫哀痛不已,虽然他就站在和她近在咫尺的地方。

珀涅罗珀的哭泣深深打动了奥德修斯,但他像在眼睑里装了铁壁铜墙一般,没有让泪水涌上眼眶。他抑制住强烈的感情,不让任何人发现。

和他告诉欧迈俄斯的一样,奥德修斯把自己在忒斯普罗提亚的经历告诉了珀涅罗珀,说他在那儿听到了奥德修斯的事。珀涅罗珀总是倾向于相信奥德修斯还活着,她说:"今天早晨我做了个梦。有二十只家禽从我手中啄食浸过水的谷物,突然从天上飞下来一只有着钩状喙的雄鹰,它朝他们猛扑过去,扼住它们的脖子,把它们全部杀死,然后又飞回了天上。在梦中我哭了一场,痛惜那些死掉的家禽,我的侍女们都来安慰我。就在我最伤心的时候,那只雄鹰飞回来,落在我房间的横梁上,用男人的声音对我说话——就算是在梦里,听一只老鹰口吐人言也是怪事一桩。它说:'喜悦吧,'它这样对我说,'哦,伊卡里俄斯的女儿!因为你看到的不是梦,而是将要发生的真事。那些你无缘无故大为痛惜的家禽是那群求婚者,他们挥霍你的财富,就像家禽从你手里啄吃食物一样;雄鹰是你的丈夫,他会带给那些求婚者死亡。'我醒过来,去看我的家禽是不是还活着,发现它们正安然无恙地吃着食槽里的谷物,和我做梦之前一样。"

奥德修斯说:"除了雄鹰说的话之外,这个梦没有其他的解释。它就是你的丈夫,而他很快就会回来,——践行他所说的话。"

"你所说的,"珀涅罗珀说,"我年迈的客人,实在是太好了。要是你能坐下来,用你的故事取悦我,那么我的耳朵会因为这种快乐而不许我闭上眼睛的,但凡人不能摆脱睡眠。不死的神祇们定下这个规矩,好让我们这些凡人记住,不管我们活着经历过多少,每天也都要死去一次。出于这个理由,我要上床休息了,自从给我带来快乐的那个人动身前往那个邪恶的城市,每晚我都用眼泪浇灌着它。"——她之所以这么说，是因为她的嘴唇吐不出那个如此令她痛恨的名字特洛伊。那天晚上他们就这样分别了，珀涅罗珀上床休息，奥德修斯去找他的儿子，到大厅去拿盔甲和标枪。整整一夜，他们一边清洗盔甲，一边守夜。

第 十 章

天降的疯狂。——奥德修斯的弓。——杀戮。——结尾。

晨光初露的时候，大厅里再一次挤满了吵吵嚷嚷的求婚者。看到门口摆成一堆、闪闪发光的盔甲和标枪，有些人觉得摸不着头脑，询问这是怎么一回事。忒勒玛科斯告诉所有询问的人，是他让人把它们取出来，除去因长时间放置不用而生出的锈迹、污痕的，自从他的父亲远征特洛伊，它们就被存放起来了。求婚者们很容易就被这个回答满足了，又沉溺在吃喝和无用的喧闹之中。奥德修斯依忒勒玛科斯的安排，坐在一个靠门边的位置上，眼睛始终盯着标枪。一些显贵见一个可怜的、地位低下的乞丐和他们同席进餐,觉得受了侮辱,对奥德修斯破口大骂,还用脚踢他。只有一个叫斐埃提乌斯的人心肠比其他人好一些,好言和他说话,尊重他的年纪。他走到奥德修斯面前,怀着一丝敬畏握住他的手,好似想象出了他的不凡一般,说:"欢迎你,年长的外乡人!见你受到伤害,我的眉毛被汗水打湿了,而我一想到许多最杰出的人常常受到这种对待,因为他们也有可能落魄至此,奥德修斯本人此时也许也流落异乡,和你一样,我的眼睛就忍不住要流泪。迫于生计四处流浪,无家可归的人们,神祇教他们活在地上,却像活在水底,因为他们处处受人压迫,卑躬屈膝。连君王的命运之线里也可能混进一根黑色的丝线。"

智慧女神雅典娜从天上让求婚者们充满疯狂而愚蠢的欢乐,让他们对把乞丐比作奥德修斯的行为大加嘲笑,笑得几乎停不下来——他们笑得连停下的力气都没有,眼睛因为狂乱的快乐而蓄满泪水。但恐惧和担忧接踵而来,他们中有人站起来说出了预言:"啊!倒霉的家伙们!"他说,"你们是怎么被这自天而降的疯狂感染了呀,居然还在大笑!你们看不到你们手里的肉在滴血吗?你们已经被死亡的黑夜包围住了;你们在惨叫却不自知;你们的眼睛在流泪;岿然不动的墙壁和支撑着整幢房屋的横梁都在滴血;门口堵满了亡灵;大厅里影影绰绰,全是被杀身亡的人的鬼影;你们脚下就是地狱;太阳从半空中落下,刚到正午,一切就已像午夜一样漆黑一片了。"但是,像所有神祇令其昏乱,从而使其毁灭的人一样,他们嘲笑那个人的畏惧,欧律马科斯说:"这个人一定是发疯了,把他撵到集市上去,让他晒晒太阳吧,他睡迷糊了,说屋子里面是黑夜呢。"

借着雅典娜赐予的预言能力,忒俄克吕墨诺斯(这是那位预言者的名字)本能给他们一个机会逃脱毁灭的命运。他回答说:"欧律马科斯,我不需要你的指引,我耳聪目明,双脚便捷,神志清醒,我会靠着这些走出大门,因为我知道将有滔天大祸落在你们这些留下来的人头上,因为这位不幸的客人是受到众神宠爱的。"说完,他转身背对着那些不友好的人,走回了家,再也没有回到宫殿里去。

这番话忒勒玛科斯听得一清二楚,他注视着父亲,满心热诚地等他发出暗示,好开始惩罚求婚者们。

而求婚者们做梦都没想到这些,仍在享用着面前桌上堆得像小山一样的美食。但全世界都不会有比它更令人苦痛的宴席了,因为雅典娜已经秘密地安排好了他们的毁灭。

奥德修斯出征特洛伊时留下了一张弓，那张弓一直被束之高阁，没人使用，也没人去松一松弓弦，因为除了奥德修斯，谁都拉不开它。于是它就被放在那儿，成了奥德修斯过人膂力的纪念。前一天晚上，忒勒玛科斯把这张弓连同和它配套的箭袋，和标枪一起搬出了武器库。此时雅典娜有意要让奥德修斯赢得光荣，让忒勒玛科斯脑中兴起一个念头，让他邀请求婚者们试试那张弓，看谁强壮得能把它拉开。作为赌注，他承诺谁能拉开奥德修斯的弓，就能娶奥德修斯的妻子，他的母亲为妻。

忒勒玛科斯说完，求婚者们骚动起来，个个都跃跃欲试。为了给儿子的话添彩，也是为了给他的许诺增添分量，珀涅罗珀出来见了那些求婚者。雅典娜施展法力，让她在他们眼中显得前所未有的美丽。珀涅罗珀的美貌成了对拥有过人武艺者的奖赏，求婚者们一见，马上热情洋溢，他们叫嚷着说，要是那些前往科尔喀斯寻找金羊毛的英雄们见过了全世界最宝贵的奖品珀涅罗珀，他们一定不肯踏上那条征途了；因为她是这样完美无瑕，他们会发誓将自己的勇气和生命都献给她。

珀涅罗珀说："自从我的丈夫出征特洛伊，神祇们就带走了我的美貌。"忒勒玛科斯请求母亲离开赛场,不要看比赛,他说:"这场竞赛也许会异常激烈,可能不适合一位女性观看。"珀涅罗珀起身离席,和她的侍女们一起走出大厅。

随后,弓被放到大厅正中,王子忒勒玛科斯设了个靶子。求婚者的首领安提诺俄斯第一个尝试,他举起弓,把一枝箭架在弦上,奋力一拉,但他使出全身力气,也不能让那张硬弓的两头往中间弯上一弯。普通人想拉开奥德修斯的弓,再怎么努力都是白费力气,意识到这一点,他又羞又怒,满面通红地放弃了。欧律马科斯来尝试,也无功而返,勒伤了安提诺俄斯手的弓弦割破了他的手掌,弄伤了他脆弱的手指,但他到底没能让弓弦动上一分一毫。他叫仆人送上油脂,把弓浸在里面,以为能使它变软,容易弯曲,但什么都不能让弓弦移动。接下来尝试的有勒伊俄得斯、安菲诺摩斯、波吕玻斯、欧律诺摩斯和波吕喀特利德斯,但不管是他们还是其他尝试者都没有成功。他们之中最卑怯的都自认有资格娶珀涅罗珀为妻,但在这场射箭比赛中,连最强健的一个都拉不开那张弓。

奥德修斯请求参加比赛,话音一落,求婚者中间立刻爆发出一片喧闹。他们对奥德修斯破口大骂,怒不可遏,因为他,一个卑贱的乞丐,竟敢要求和贵族老爷同场竞技。但忒勒玛科斯同意了他的请求,命令求婚者们把弓交给他,因为他们全都输了。"因为,"他说,"这张弓属于我,给或不给也是我说了算。"没有人敢对王子的话表示异议。

奥德修斯朝儿子打了个手势,叫他把大门关紧。所有人都好奇他说了什么,但谁都不得而知。奥德修斯握住那张弓,拉弓之前,他先细细查看了弓的每一个部分,检查这么长时间之后,它是否僵住了,不容易拉开。在他潜心查看的过程中,有求婚者讥讽地说:"此人毫无疑问是个狡猾的弓箭手,很了解他的行当。瞧他翻来覆去看个不停的样子,好像他能看穿木头似的。"另一个人说:"单凭我们等他拉弓等了这么久,就该有个人分发些金子给我们当报酬啦!"不一会奥德修斯就检查完了那张弓,并了解了它状况很好,然后,就像竖琴手转动竖琴一样,甚至比那更轻松地,奥德修斯把那张硬弓拉满,然后放开弓弦,弦弹回去,发出燕子隔空歌唱一般的鸣声。求婚者们惊呆了,脸上红一阵白一阵。天空中响起隆隆雷声,奥德修斯深受鼓舞,因为他知道命运女神给自己安排下的漫长苦难已到头了。他在弦上搭了支箭,拉满弓,射穿了王子设下的靶子。然后,他对忒勒玛科斯说:"你的客人没有让你蒙羞,我没有用油脂或火来调弄这张弓就射中了靶子,证明我的力量无人能及,且没有像这些人得意地想的一样,因为年迈而衰退了。来吧,今天剩下的时间我们要在欢宴中度过,之后还要有诗歌和竖琴,以及一场王子的盛宴应有的、令人愉悦的节目。"

说着,奥德修斯向儿子挥了挥手。忒勒玛科斯马上把剑佩在身上,从那一大捆标枪中(那是他从武器库里取出,堆放在那里的)抓起一枝,握在手中,全副武装地向父亲走去。

裹在奥德修斯上身的破布衣从他肩膀上滑下,他恢复了国王的凛凛雄风,握着弓和箭袋冲向大厅正门,将满袋的箭矢倒在脚边,用令人生畏的话语向求婚者预告了他的意图。"无害的竞技到此为止,"他说,"我们现在有了另外一个靶子,它不易射中,但如果射神阿波罗愿赐我技艺,我们就能百发百中。"说着,一支致命的箭就向安提诺乌斯飞去,穿透了他的咽喉,而他当时刚把杯子举到嘴边。看到首领倒地死去,求婚者们大惊失色,他们对奥德修斯极为恼怒,说他这一箭的代价显然是最为昂贵的,因为他杀死了这个国家独一无二的大人物。求婚者们纷纷武装起来,他们本可以去拿标枪,但雅典娜让他们眼睛昏暗,在大厅里四处乱撞,找不到标枪在哪里。神祇的不悦让他们心神混乱,看不到笼罩着他们,已经近在眼前的灾难,他们甚至觉得安提诺乌斯的死是一桩意外,而不是有人有意为之。多么愚蠢啊!以为闭目不视就能逃脱灾难,除了安提诺乌斯喝下的死亡之酒,还有别的杯子供他们品尝!

奥德修斯在所有人眼前表明了真实身份。他们相信他死在了特洛伊,于是霸占他的宫殿,在他还在人世的时候妄想强娶他的妻子,现在,他们就要因为这些作为而丧命了。奥德修斯向求婚者们射出致命的箭矢,他们避不开,也躲不过。忒勒玛科斯站在他身边,把可怕的标枪深深刺进他们身体里,叫他们无路可逃。最后恐惧让他们壮起了胆子,危险让他们看明白了眼前的危机。一些带着剑的求婚者们拔剑出鞘,找到盾的也把盾举了起来,还有些人匆匆忙忙搬起桌椅,聚成一团,想要压服、打垮奥德修斯父子。但他们只会像一般人一样各自为战,被奥德修斯父子打得落花流水。奥德修斯的箭和忒勒玛科斯不可抵挡的标枪穿透桌子、盾牌,穿透一切,不少人倒下死了,剩下的都带着伤。雅典娜变成一只鸟坐在横跨大厅的横梁上,拍打翅膀发出可怖的声音。巨鸟不时飞到人群里,击打他们的刀剑和标枪,在大厅里飞来飞去,惊扰着每一个人。她的样子看上去十分可怕,被众神憎恶的求婚者们个个吓得面无人色。但在奥德修斯和忒勒玛科斯眼中,她显露的还是女神的本来面目,手持边缘缠绕着蛇的盾牌,全副武装,与他们并肩战斗。直到所有的敌人都倒在地上,父子俩才停手。求婚者们躺在他们脚下的血泊里,好似躺在渔人打开的网底的鱼,手脚摊开,奄奄一息。奥德修斯想起了忒瑞西阿斯的预言,他说他必将死在自家宾客手中,除非他把那些认不出他的人全部杀死。

王后的仆役跑去向珀涅罗珀报告了发生的一切,说她丈夫奥德修斯回来了,还把求婚者全杀光了。珀涅罗珀没有在意,只以为他们发了疯,或是在嘲弄她,因为极度的悲伤让她不敢相信会有如此巨大的幸福到来。她狠狠斥责了他们,但那些仆役更加坚持他们说的都是实情。他们当中有人看到过从大厅拖出来的尸体,说:"你昨天见到的那个可怜的客人就是奥德修斯。"珀涅罗珀更加坚信他们是在耍弄她,哭了起来。仆役们说:"我们所说的都是实情。我们坐在宫殿后侧的房间里,他们在我们面前关上了大厅的门,我们听到了被杀者的惨叫和呻吟声,虽然什么都没看到。过了好一会儿,你的儿子叫我们进去,一进门我们就看到奥德修斯站在正中,四面全是被他杀死的人。"珀涅罗珀依旧坚持着不肯相

奥德修斯历险记 . 135

信,他说那一定是某个神祇欺骗了他们,叫他们以为那个人就是奥德修斯。

王后和仆役交谈的时候,忒勒玛科斯和父亲洗净了手上的鲜血,走了进来。看到奥德修斯,她站在那里,在突如其来的震惊和喜悦以及种种感情激荡之下,既不能动,也说不出话来。她一时明白她看到的确实是丈夫奥德修斯,但过了一会,二十年岁月在他身上造成的改变(虽然微乎其微)又让她迷糊了。她不知道该怎么想,喜悦让她不敢相信,又不能不相信,他从乞丐到国王的变化尤其让她不解,她不禁疑心重重。见了她疏远的态度,忒勒玛科斯责怪母亲,说她冷酷、专横,看不起外表朴素的人,以至于连他的父亲都不肯拥抱,还质疑他的身份,而所有在场的人都可以证明,他便是真正的奥德修斯。

珀涅罗珀不再怀疑,她跑过去搂住奥德修斯的脖子,说:"我的丈夫,请你不要发怒,我冷淡拖延,久久不肯上前,是因为让我们分开这么久的神祇让我有了这种不得体的疏远。墨涅拉俄斯的妻子若有我一半谨慎,就不会那么轻易地被拐到陌生人床上,这样我们就能免于因为她的丑事而遭受这么多年的不幸了。"

比起一看到丈夫就放弃疑虑,扑进丈夫怀抱的做法,珀涅罗珀这番为自己开脱的话语在奥德修斯心中激起了更多爱意。奥德修斯为有这样一位妻子而满怀喜悦,流下了眼泪——他的妻子像他本人一样沉着谨慎、充满智慧,并将身为妻子的德行看得比什么都高尚。他认为喀耳刻带来的欢乐和卡吕普索给予的永恒生命远远没有这样一位妻子来得有价值。他在海上漫长的颠簸、遭受的苦难都已过去,就像没有发生过一样,和忠贞的妻子珀涅罗珀重逢的喜悦给了这一切一个圆满的终结。有一些不幸的人,船只在靠近海岸的地方失事,只得游水逃生,被泡沫和海水浸得透湿,好容易爬上陆地的时候,他们心中的欢乐就像全世界都属于他一样,哪怕那只是一片贫瘠的土地。这位贞洁的妻子怀着和他们一样心情拥抱着失而复得的丈夫,直到夜幕速速降临,提醒她还有更加亲昵、快乐的团聚等待着他们,因为奥德修斯活生生地回到了她独卧已久的枕衾之中。

　　从那时起,这片土地上一个求婚者也没有了。幸福的伊塔刻人唱着歌庄严献祭,赞美众神,欢庆奥德修斯归乡。阔别家乡的奥德修斯终于回归故土,对作恶者施以其应得的惩罚,在他们作恶的地方向他们报了仇。

"世界文学名著青少版"丛书

"世界文学名著青少版"丛书由台湾东方出版社股份有限公司授权，上海九久读书人联合上海文艺出版社共同策划。

❖ 历险经典

1 《汤姆·索亚历险记》
2 《哈克贝利·费恩历险记》
3 《格列佛游记》
4 《十五少年漂流记》
5 《金银岛》
6 《小矮人火山历险记》
7 《勇敢的船长》
8 《珊瑚岛历险记》
9 《横越撒哈拉》
10 《鲁滨逊漂流记》
11 《吹牛大王历险记》
12 《海角一乐园》
13 《伦敦塔》
14 《庞贝的末日》
15 《尼尔斯骑鹅旅行》
16 《沙皇的密使》

❖ 动物文学经典

17 《丛林奇谈（上）》
18 《丛林奇谈（下）》
19 《野性的呼唤》
20 《白牙》
21 《鹿苑长春》
22 《灵犬莱西》
23 《花颈鸽：一只信鸽的传奇》
24 《牧牛马斯摩奇》

❖ 科幻经典

25 《火星人入侵》
26 《地心游记》
27 《八十天环游地球》
28 《海底两万里》

29《失落的世界》
30《飞天万能车》
31《杜利特医生航海记》
32《化身博士》
33《科学怪人》
34《永久粮食》
35《隐身新娘》
36《失去真面目的人》

❖ **励志经典**

37《孤女寻亲记》
38《小公主》
39《安妮日记》
40《假如给我三天光明:海伦·凯勒传》
41《阳溪农庄的吕贝卡》
42《贝丝丫头》
43《快乐天使》
44《山月桂》
45《海蒂》
46《小公子》
47《苦儿流浪记》
48《远大前程》
49《王子与贫儿》
50《密西西比河上》
51《少年酋长》
52《侠盗罗宾汉》
53《酷哥潘诺》

54《航向光明》
55《银色溜冰鞋》
56《会飞的教室》
57《小妇人》
58《雾都孤儿》
59《悲惨世界》
60《绿山墙的安妮》
61《居里夫人的故事》
62《本和我:本杰明·富兰克林的传奇一生》

❖ **经典名著**

63《爱的教育》
64《巴黎圣母院》
65《茶花女》
66《战争与和平》
67《基督山伯爵》
68《简·爱》
69《堂吉诃德》
70《日瓦戈医生》
71《傲慢与偏见》
72《罪与罚》
73《约翰·克利斯朵夫》
74《老人与海》
75《上尉的女儿》
76《歌剧魅影》
77《呼啸山庄》

78 《双城记》
79 《汤姆叔叔的小屋》
80 《动物农庄》
81 《所罗门王的宝藏》
82 《白鲸》
83 《国王与我》
84 《大地》
85 《红花侠》
86 《人猿泰山》
87 《圆桌骑士》
88 《三剑客》
89 《森林里的小木屋》
90 《铁面人》
91 《撒克逊劫后英雄传》
92 《昆虫记》
93 《泰戈尔经典诗集》
94 《钢铁是怎样炼成的》*
95 《莎士比亚戏剧故事集》
96 《童年》
97 《在人间》
98 《我的大学》
99 《克雷洛夫寓言》
100 《伊索寓言》
101 《拉封丹寓言》
102 《人类的故事》
103 《牛虻》
104 《最后一课》

105 《教育诗》
106 《纯真年代》
107 《好兵帅克历险记》
108 《青年近卫军》*
109 《卓娅和舒拉的故事》*
110 《最后一片叶(欧·亨利短篇小说经典)》
111 《羊脂球(莫泊桑中短篇小说经典)》
112 《百万英镑(马克吐温中短篇小说经典)》
113 《热爱生命(杰克·伦敦短篇小说经典)》
114 《秘密花园》

---

*"世界文学名著青少版"丛书增补了由大陆作者改写的数种苏联文学经典作品,台湾版丛书并未收入。这些作品曾影响了中国几代人,对现在的孩子也会产生深远的意义。作者在改写时,已淡化了政治色彩,专注于更具现实价值的内容。

❖ 神话传说故事

115 《希腊神话》
116 《奥德修斯历险记》
117 《木马屠城记》
118 《圣经故事(上)》
119 《圣经故事(下)》
120 《天方夜谭》

❖ 莎士比亚经典

121《罗密欧与朱丽叶》
122《仲夏夜之梦》
123《埃及艳后》
124《王子复仇记》
125《凯撒大帝》
126《暴风雨》

❖ 经典童话

127《兔子坡》
128《胡桃木小姐》
129《柳林风声》
130《绿野仙踪》
131《小王子》
132《彼得·潘在肯辛顿花园》
133《水孩子》
134《青鸟》
135《圣诞颂歌》
136《长腿叔叔》
137《公主与妖怪》
138《木偶奇遇记》
139《银河铁道之夜》
140《城堡镇的蓝猫》
141《格林童话》
142《安徒生童话》
143《半个魔法》
144《爱丽丝梦游奇境记》
145《快乐的王子》
146《睡美人》
147《灰姑娘》
148《木头娃娃百年传奇》